X1903 -

COGNAC NAPOLÉON

DU MÊME AUTEUR

Le poète russe préfère les grands nègres, Ramsay, 1980.
Journal d'un raté, Albin Michel, 1982.
Histoire de son serviteur, Ramsay, 1984.
Autoportrait d'un bandit dans son adolescence,
Albin Michel, 1986.
Salade niçoise, Dilettante, 1986.
L'écrivain international, Dilettante, 1987.
Oscar et les femmes, Ramsay, 1987.
Le petit salaud, Albin Michel, 1988.
Des incidents ordinaires, Ramsay, 1988.
La grande époque, Flammarion, 1989.

Edward LIMONOV

COGNAC NAPOLÉON

Traduit du russe
par Catherine Prokhoroff

Editions Ramsay
9, rue du Cherche-Midi
75006 Paris

Cognac Napoléon

Moïse Borodatykh avait tenu sa promesse. En août 1975, je devenais correcteur. Pourtant, j'annonçais fièrement à mes connaissances que j'étais journaliste au *Russkoïe Delo* et que je remplaçais parfois le correcteur. Je voulais que mes affaires aient l'air meilleur qu'elles ne l'étaient. Et « journaliste » faisait plus noble.

Le matin, un instant seulement, Héléna ouvrait ses yeux pour les refermer aussitôt, je quittais la chambre à coucher étouffante, allumais la lumière dans la salle de bains, me lavais en vitesse, me rasais (en me coupant comme d'habitude au menton) et mettais mon costume gris, une chemise blanche et une large cravate. Ce costume et ces cravates, je les avais apportés de Russie. En six mois de vie aux Etats-Unis, j'avais seulement pu m'acheter des chaussures en plastique pour quatre dollars quatre-vingt-dix-neuf *cents*. Je contemplais un court moment avec satisfaction le journaliste Limonov dans le miroir de la salle de bains, sur fond de toile cirée bleu foncé à petites fleurs violettes. La toile pendait du plafond, elle nous permettait de prendre une douche debout dans la baignoire. Le journaliste, satisfait de sa tête de journaliste, allait dans la cuisine où des hordes de blattes opéraient en toute impunité...

Je jouais cette fois-ci avec ivresse mon nouveau rôle. Je me fis une omelette rapide, m'assis à la table de la cuisine, relus en mâchant l'article que j'avais écrit la veille au soir. Je comptais le montrer au boss. Acteur et romantique, j'avais immédiatement surnommé Moïse Borodatykh *boss*. Il me payait vingt dollars l'article. Je me consolais en me disant que les premiers honoraires littéraires de Nabokov en Amérique avaient été de cinq dollars...

Et ce matin-là, je relus l'article. Clés à la main, je revins regarder Héléna. Elle dormait, tournée vers l'armoire. Les matelas qui, de jour, nous servaient de divan, nous tenaient lieu de lit la nuit. Le drap s'enroulait autour de la tête d'Héléna. Bouche ouverte, ma femme respirait dans un interstice. Hésitant entre mon désir de l'embrasser et la peur de la réveiller — réveillée, elle se métamorphosait en furie — je souris doucement et, battant en retraite, sortis prudemment.

Je viens d'écrire « je souris doucement », mais était-ce la réalité ? En tout cas, mon visage devait refléter l'attendrissement, devant la créature couchée sur les matelas. A cette époque déjà, la créature péchait de façon odieuse et ne méritait guère mon attendrissement ; mais, mon Dieu, pouvons-nous être émus par la seule vertu ? Nous sommes émus, le diable sait par quoi, mais pas par la vertu. Lorsqu'à mon oreille on prononce le mot « vertu », je m'imagine une grande perche de guenon à long nez, à peau jaune, vêtue de l'uniforme de l'Armée du Salut. Un petit chapeau, une petite clochette, et une boîte avec une fente pour recueillir des dons... Cette fente, par association d'idées, pourrait nous entraîner fort loin, lecteur, mais suivons plutôt — laissant Héléna endormie, sa bouche ouverte découvrant des dents de devant ressemblant à celles d'un lapin — le journaliste dans les quartiers de carte postale de la grande New York. (Il nous faut, en particulier en passant aux pieds de l'*Empire,* faire tomber notre chapeau et craquer notre cou...)

Nous étions pauvres et j'économisais. Je sortais de Lexington sur la large 34ᵉ rue avec circulation à double sens et me faisais chier à aller à West-Side à pied. Le journal *Russkoïe Delo,* outre ses qualités romantiquement exotiques (un journal russe à New York !) était situé dans la 56ᵉ rue, à Broadway. Toi, lecteur, à Moscou, Vologda, Novossibirsk, Paris, Antony ou Courbevoie-sur-Seine, tu t'imagines Broadway plein de gangsters d'opérette, de jeunes Marilyn Monroe, de Chinois louches, d'étoiles du show business, non ? En fait, il n'y avait rien d'intéressant dans la 56ᵉ rue à Broadway. Que dalle. Une ruelle retirée, identique à celle d'une petite ville ukrainienne. Asphalte crevassé, fine couche de poussière le long des accotements... New York sait de manière étonnante se désagréger, se transformer, si on la néglige comme c'était le cas dans la période de la Grande Dépression new-yorkaise des années 1974-1977, en un ramassis de petites bourgades provinciales polonaises, ukrainiennes, juives.

Je longeai, dans la 34ᵉ rue, les grands magasins « paradis pour pauvres » (on y voyait, en cette heure matinale, entrer les employés en cortège de fourmis) jusqu'à Broadway et me dirigeai vers le nord. J'avais vingt-deux rues à couper. Je regardai l'heure sur la tour *Macy's* et me hâtai.

Un inutile complexe d'infériorité faisait commencer le travail tôt à ce journal d'émigrés. Ses collaborateurs auraient fort bien pu faire la grasse matinée jusqu'à midi. En effet, le *Russkoïe Delo* recopiait ses informations dans les journaux new-yorkais, et ne faisait que les traduire en russe. Bref, l'information n'était pas fraîche, elle arrivait vingt-quatre heures plus tard au lecteur russe, de sorte que deux-trois heures de retard ne changeaient rien. De plus, la plupart des lecteurs recevaient le journal chez eux, sur abonnement, envoyé par la poste en deuxième ou troisième vitesse.

Près de la 54ᵉ rue, dans Broadway, s'étendait le marché du prêt-à-porter où l'on pouvait acheter quantité de saloperies pour quelques dollars, voire quelques *cents*. Le marché avait déjà déballé ses éventaires et roulait ses portemanteaux couverts de pantalons, de vestes et de robes lorsque je le longeai en faisant claquer mes semelles. Notre journal était le frère jumeau de ce marché. Nous vendions des nouvelles datées, vieillies ; le marché, des vêtements faits dans Dieu sait quelle cochonnerie chimique. (En août, avec la chaleur, ils dégageaient une odeur étrange et forte d'essence, de pétrole, et j'avais l'impression que si la température montait de cinq degrés, les articles fondraient, s'égoutteraient de leur cintre, laissant juste de petites flaques puantes sur le bitume.) Je me souvins qu'en URSS, dans les années 60, les vêtements en tissu synthétique étaient devenus à la mode. Joyeusement, d'un bloc, la population soviétique s'était mise à débourser des sommes folles pour des chemises qui fondaient instantanément à l'endroit où une cendre de cigarette les effleurait, les préférant aux solides vêtements de coton. Bien plus tard, j'appris de l'épouse d'un multimillionnaire que ces derniers ne portaient que du coton et de la laine. L'homme de la masse soviétique, stupide, à l'image des masses, ne souhaitait pas s'habiller en multimillionnaire mais s'affubler de pauvres habits de nègre. L'humanité se soumet avec une incroyable légèreté aux manies générales, stupides ; et c'est tout juste si une pensée judicieuse vient visiter les foules une fois par siècle.

Dépassant les établissements insignifiants de la 56ᵉ rue (pas moyen même de s'en souvenir ! à l'exception d'une salle d'exposition de voitures d'occasion à l'angle de la 56ᵉ rue et de Broadway), je m'approchai de la vieille porte métallique du journal. Je tirai la porte sur moi... L'immeuble haletait telle la salle des machines d'un gigantesque paquebot. Quatre monstres antédiluviens — des Linotype — étaient installés au rez-de-chaussée et ébranlaient le bâtiment. D'ailleurs, les quatre ne marchaient jamais toutes ensemble ; vieilles, elles tombaient continuellement en panne. Claquements, grincements et feu m'accueillirent ; ces

11

opérations typographiques du XIXe siècle faisaient songer à des opérations de forge.

J'ai gardé, de mon passage au *Russkoïe Delo,* une défiance cynique et inébranlable envers la presse, l'information dont on nous nourrit quotidiennement. Si les journalistes du monde entier, sans en informer leur gouvernement, se mettaient d'accord pour ne nourrir l'humanité que de nouvelles vieilles d'un an, personne ne le remarquerait, je pense. Qui peut vérifier la fraîcheur des nouvelles ? Parfois, en regardant l'écran de ma TV parisienne, je remarque des trucs du style *Russkoïe Delo* : un chi'ite, Kalachnikov au poing, traverse en courant, soi-disant la veille, une rue de Beyrouth, et je me souviens — j'ai une excellente mémoire visuelle — l'avoir déjà vu traverser quatre mois plus tôt, mais pour autre chose. La TV, ce moyen d'information supermoderne, dépend de manière humiliante du commentaire, de la voix off qui nous débite des bêtises mythiques. Toute la complexité du monde se réduit à une image arbitrairement sélectionnée. L'URSS est toujours une parade militaire bien qu'il n'y ait que deux parades par an à Moscou et que les trois cent soixante-trois autres jours de l'année s'écoulent sans défilé. Tout mouton, après un an de parades militaires (elles accompagnent les trois quarts de toute information sur l'URSS à la TV, le dernier quart consistant en un mouvement circulaire de la caméra donnant une image de carte postale du Kremlin) est pour toujours convaincu que l'Union soviétique est un dangereux pays militariste. Après quoi, le penseur populaire se précipite vers le mur du monument le plus proche pour y inscrire en lettres grasses « URSS = SS ».

Je courus dans l'escalier sale recouvert de lino (mes semelles claquaient dans un bruit de plastique). Je m'arrêtai une seconde sur le palier près de la petite **porte rouge** délavée qui menait aux archives du journal et montai, d'un souffle, la dernière marche du second étage et demi américain, à la RÉDACTION.

La longue pièce — toute la longueur en coupe du bâtiment — avait été peinte (de nombreuses années auparavant) en vert pâle industriel. Sa partie la plus claire — près des deux fenêtres — était séparée du local central par des cloisons et dissimulait le bureau du rédacteur et la cellule du rédacteur adjoint. (Le bureau du rédacteur en chef était lui aussi une cellule, mais on pouvait s'y loger à quatre, alors qu'on ne pouvait entrer qu'à deux dans celle du rédacteur adjoint.) Les cloisons n'atteignaient pas le plafond et toute parole prononcée dans les « bureaux » parvenait donc à la salle. Moïse Borodatykh traitait de toutes les affaires importantes à l'extérieur de ce local : dans un petit restaurant italien, dans une rue voisine. Il ne faisait pas confiance à ses employés.

Je n'avais pas alors toutes les expériences que j'ai maintenant, j'étais plus confiant, romantique, enthousiaste dans mon rapport au monde. En pénétrant dans la salle de rédaction, je respirais avec plaisir l'air rance et enfumé. Je me prenais pour Hemingway entrant au *Kansas City Star* ou Henry Miller commençant sa journée de travail dans le bâtiment parisien du *Chicago Tribune,* l'air empuanti du journal me

13

plaisait pour cela. Une odeur pas désagréable cependant dominait le matin. Celle de la fumée odoriférante s'échappant de la pipe du vieil intellectuel russe Salomon Zakharovitch Plotski. Salomon Zakharovitch, responsable de la première page du journal, responsable des nouvelles pas fraîches, tapait déjà sur le clavier de sa vieille Underwood, le *New York Times* déplié devant lui, sa pipe entre les dents. Il travaillait par rafales. Il frappait une rafale, et plongeait dans le *New York Times* en même temps que son fauteuil à roulettes pivotait. Il soufflait une bouffée de fumée. Il fouillait de sa main droite, loin, sur le côté. Il cherchait son gobelet de café en carton. Il portait le gobelet à ses lèvres. Parfois, il le renversait de sa main fureteuse, et le café glissait, vite, sur la table métallique en direction du *New York Times*. La comptable, une vieille dame fumant des cigarettes russes, petite et grosse, bonne, en un mot une femme avec des traits de cartomancienne des rues, quittait en ces cas-là sa place et, l'éponge à la main, se précipitait pour sauver le quotidien.

Je suis persuadé, lecteur, que tous, nous jouons des rôles que nous avons choisis. Là-bas, à la rédaction du *Russkoïe Delo,* ils étaient tous cinématographiques. Chacun était un type, combien expressif et fort ! Peut-être avaient-ils vu trop de films ? Le diable sait... Salomon Zakharovitch et la comptable auraient été très bien dans *Citizen Kane,* parmi les troisièmes rôles. Moïse Borodatykh, le boss, ne ressemblait hélas pas à Kane/Orson Welles. Mais indiscutablement, Rupert Murdoch et Herst ne lui ressemblent pas non plus... Le nez comme un ballon, la bedaine posée sur des petites jambes maigrichonnes et courtes, les yeux écarquillés et globuleux, rien à voir avec le jeune ou le vieux Welles/Kane ! Cependant, Borodatykh était vif, débrouillard et talentueux à sa manière. Il avait eu une vie mouvementée et, sans la guerre, eût peut-être été plus que propriétaire du *Russkoïe Delo*. Avant de s'amarrer aux Etats-Unis, et d'être d'abord assureur, puis collaborateur, puis copropriétaire, propriétaire enfin du *Russkoïe Delo,* Borodatykh avait réussi à être journaliste en France. Batko Makhno avait fait don de son attention à Moïse et avait insisté pour qu'il écrivît un livre sur lui. Batko voulait que le petit Moïse modifiât son image, gommât ses traits de « judéophobe » et d'antisémite et le représentât comme l'anarchiste idéaliste qu'il était selon lui. Difficile de croire en un Makhno abattu. « C'est vrai que Makhno n'était pas antisémite ? » demandait le jeune journaliste Limonov au vieux Borodatykh. Makhno avait toujours excité son imagination et les petits détails telle sa supposée « judéophobie » n'auraient pu modifier son opinion.

Moïse Borodatykh haussa les épaules et soupira.

— J'ai fait la connaissance de Makhno peu de temps avant sa mort. Il vivait dans la misère, à Paris, avec sa jeune femme et son petit garçon. Batko affirmait que les bolcheviks, rusés, l'avaient calomnié en le présentant volontairement comme un antisémite afin d'entraîner de leur côté les masses juives qui avaient activement pris part à la révolution. Il était déjà alors, une dizaine d'années après la révolution, impossible de reconstituer ce qui s'était réellement passé sur le territoire, plus vaste que plusieurs pays européens réunis, où opérait son armée. Le chaos et des saignées réciproques. Je ne doute personnellement pas du fait que les bolcheviks aient eu intérêt à le faire passer pour un antisémite. Mais il est aussi possible que des bandes, des détachements de son armée, n'aient pu renoncer au plaisir d'organiser des pogroms dans des petits bourgs juifs... Les Ukrainiens, tout le monde le sait, sont connus pour être antisémites... Mais vous-même, vous êtes ukrainien, Limonov ? Votre vrai nom est bien un nom ukrainien, Savtchenko ?

— Savenko, Moïse Iakovlevitch !

— Mais vous n'avez pas du tout de sang juif ?

— Non, Moïse Iakovlevitch.

— Hum... Mais comment avez-vous pu émigrer... ?

— Je vous l'ai déjà raconté, Moïse Iakovlevitch...

— Oui, oui, vous me l'avez raconté, je me souviens... Dommage, dommage, un petit jeune si sympathique, et qui n'a pas de sang juif... Ecoutez (il baissa la voix)... peut-être que par habitude, soviétique, vous savez, avez-vous peur de reconnaître... ?

— Mais non, Moïse Iakovlevitch, je vous l'aurais dit...

— Dommage, dommage...

Le jeune journaliste se souvint que quelques années plus tôt, à Moscou, une dame corpulente ressemblant à une sorcière de film soviétique pour enfants, l'écrivain Musa Pavlova, l'avait coincé contre un mur de

la cuisine, avait fermé la porte, et lui avait chuchoté :
« Pas du tout du tout de sang juif ? Vous êtes sûr ?
Peut-être votre grand-mère était-elle juive ? » Elle était
fort déçue qu'il n'ait pas eu de ce sang-là. Le soir,
il avait raconté l'épisode de la cuisine à Héléna,
en riant. Il avait mimé la scène. Ils avaient ri tous
les deux. Ils ne comprenaient pas son désir de voir
Limonov appartenir à cette glorieuse nation. Les époux
avaient discuté un moment sur ce thème et étaient tom-
bés d'accord : il pouvait être fier de ce qu'ILS voulussent
débusquer le juif en lui. Il était donc, d'après EUX, digne
d'être juif. Il l'était visiblement aussi selon Moïse Borodatykh. Cependant, être juif sur les berges de l'Hudson
était bien plus avantageux que de l'être sur les berges
de la Moskova. Et il regrettait parfois sincère-
ment alors de n'être pas « jewish » dans cette ville
qui en comptait quatre millions. Parmi la douzaine
de collaborateurs de la rédaction du *Russkoïe Delo,*
seuls le correcteur Limonov et le vieux rédacteur
adjoint Sretchinski étaient russes. Les juifs étaient
impliqués dans l'acte même de création du journal
(en 1912, quelques mois avant la Pravda).... et les
rouges. Le linotypiste Porphyre raconta un jour à voix
basse au correcteur descendu à l'atelier de typographie,
que Léon Bronstein/Trotski était plus d'une fois venu
dans les locaux du journal. « Et il vivait dans le Bronx,
Trotski... Et Moïse lui-même (Porphyre qui avait
les cheveux blancs et le cou rouge jeta un coup d'œil
autour de lui, tel un écolier redoutant l'entrée subite
du professeur dans les toilettes, et de se faire surprendre
avec une cigarette) était loin d'être à droite quand

il était jeune. C'est aux Etats-Unis qu'ils sont tous, comprenant d'où soufflait le vent, devenus des anti-communistes convaincus. » Porphyre approcha ses grandes lèvres de l'oreille du correcteur et murmura : « Il a travaillé pour un journal socialiste français... »

— Bonjour, Edward Veniaminovitch !

Iouri Sergueevitch Sretchinski, bras maigres découverts, manches de chemise lui arrivant aux coudes, cravate, coupe militaire en brosse, rides verticales, sortit de sa cage de rédacteur adjoint. A cette époque, il avait déjà le cancer, mais ses collaborateurs ne le savaient pas encore. Lui le savait. Il arrivait le premier au journal et partait après tout le monde. Comme Moïse Borodatykh, Sretchinski avait émigré aux Etats-Unis du continent européen, de France, mais, à la différence du boss, après la guerre. Il l'avait terminée en tant que colonel de l'armée française. Pour son courage, le gouvernement français lui avait proposé la citoyenneté française qu'il avait fièrement refusée, souhaitant rester Russe pour toujours. Nous, nouveaux arrivants, rêvant d'une citoyenneté fût-elle de la république de Trinidad et Tobago, soviétiques cyniques, ne comprenions pas son nationalisme désuet et collet monté.

— Bonjour, Iouri Sergueevitch.

J'étais déjà assis à ma table de correcteur et dégustais le petit verre de café proposé par la comptable. J'aimais ces quinze-vingt minutes matinales, précédant le travail, quand ça sentait le tabac de Salomon Zakharovitch et que la comptable, cigarette serrée entre les dents, préparait le café.

— Comment votre personne se porte-t-elle ? demandait amicalement Sretchinski, après s'être arrêté près de ma table.

Malgré mon jeune et cruel intellect, j'éprouvais une incompréhensible sympathie pour le rédacteur adjoint. Je le soupçonnais même d'être mon bienfaiteur secret. Le fait est que chaque semaine, Moïse me donnait une petite enveloppe soignée contenant un billet de vingt dollars. « Un admirateur de votre talent journalistique qui souhaite rester anonyme », m'avait dit le boss à la première enveloppe.

— C'est vous, Moïse Iakovlevitch, avouez, demandai-je après avoir pris l'enveloppe.

— Et pourquoi donc ? Je vous paye un salaire. Si je voulais vous aider, je vous augmenterais...

Le boss avait raison.

— Mais qui ça peut bien être ?

— Je ne sais pas. Demandez à Iouri Sergueevitch, c'est un de ses amis, je crois.

— Oui, je connais ce monsieur, avoua Sretchinski en souriant. Mais il m'a demandé avec insistance de ne pas vous communiquer son nom.

— Mais pourquoi ?

— Il veut que ce soit ainsi. Il ne souhaite pas vous embarrasser.

Maintenant, je ne doute plus que Iouri Sergueevitch fût mon bienfaiteur anonyme. Parce que la rentrée d'enveloppes cessa à sa mort.

Comment ma personne se porte-t-elle ? Iouri Sergueevitch utilisait des expressions désuètes et cérémonieuses d'un autre siècle. Il disait « mon cher », nous appelait tous sans exception par notre prénom et notre patronyme.

— Ne pourriez-vous pas, Edward Veniaminovitch, lire ce petit article ? Et me dire, s'il vous plaît, ce que vous en pensez ?

Il me demandait souvent ce que je pensais de tel ou tel article. La plupart du temps, j'en pensais du mal. Le journal avait peu de correspondants professionnels et le meilleur d'entre eux était indiscutablement le boss, Moïse. La masse des articles émanait de dilettantes. La dernière émigration « juive » était particulièrement féconde. (Ce flot prenait alors de la force, cette graphomanie scribouillarde atteignant son comble quelques années plus tard.) De plus, des vieillards de la seconde émigration (massive, après-guerre, de gens simples) nous envoyaient leurs œuvres anticommunistes. Les manuscrits des deux émigrations étaient truffés d'effroyables fautes tant stylistiques qu'orthographiques. Les idées débattues dans les manuscrits (et qui se retrouvaient en fin de compte dans les pages du *Russkoïe Delo*) étaient fantasques, la plupart du temps délirantes. La polémique interne, telle était l'occupation fondamentale de nos correspondants. Ils étaient divisés sur la façon de partager l'URSS. Les radicaux impitoyables (habituellement des juifs) proposaient de ne garder de l'URSS que la région de Moscou. Ceux de la seconde émigration (essentiellement d'anciens soldats et officiers de l'armée de Vlassov) démontraient, outragés, que les territoires ukrainiens et biélorusses devaient être intégrés dans la Nouvelle Russie (fondée à la place de l'URSS). Cette foule sclérosée ou dingue, du fait même qu'elle était à l'étranger, dépeçait avec ardeur la peau de l'ours avant qu'il ne fût tué ; elle oubliait que cela faisait près de soixante ans que les plus grands chasseurs du monde ne pouvaient lui faire la peau, à cet ours-là...

— Je le lirai avec plaisir, Iouri Sergueevitch.

Sretchinski retourna dans son bureau en regardant des papiers. La porte donnant sur l'escalier s'ouvrit et le vieux Martynov, un grand aux cheveux gris, entra. Le *Russkoïe Delo* lui louait le bâtiment. Martynov, qui se donnait le titre de « Maison d'édition et librairie générale A. Martynov », vivait au troisième étage, dans un espace tellement bourré de vieux livres qu'il aurait pu servir de décor au tournage du *Docteur Faustus* ; ne manquaient que les chauves-souris.

— Bonjour messieurs ! Vous me dorloteriez bien avec un café ? Ma plaque électrique est en panne.

Tandis que la comptable régalait le vieillard d'un petit café, suivit toute une série d'entrées de collaborateurs de la rédaction. Nina Rogotchinskaïa (Moïse l'appelait « notre beauté ») dirigeait le service des abonnements.

— Bonjour messieurs !

Frou-frou d'imperméable. Rogotchinskaïa retira son imper, logea son large corps de brune bien mûre commençant à blettir dans son fauteuil métallique et soupira d'une voix enrouée :

— J'ai encore mal dormi ! J'ai mal à la tête ! Un cau-che-mar !

— Vous voulez une aspirine ? demanda la comptable de sa place.

Intéressant de savoir s'ils remarquaient qu'ils répétaient chaque matin les mêmes phrases : « J'ai mal à la tête... Vous voulez une aspirine ? » Rogotchinskaïa n'arrivait jamais à la rédaction la tête claire. Peut-être menait-elle réellement une vie nocturne agitée, obstinément, systématiquement, et ne dormait-elle pas assez ? Ou bien considérait-elle qu'il était de bon ton de faire comme si ? Porphyre (comment réussissait-il à tout savoir ?) me raconta que Rogotchinskaïa rivalisait avec sa jeune sœur Tatiana. Tatiana avait un jour piqué le jules de Rogotchinskaïa et depuis, sous d'apparentes relations amicales, les passions brûlaient. Chacune voulait vaincre sa rivale dans l'émulation sexuelle.

Monsieur Mileroud, qui écrivait sous le pseudonyme d'Iline — parapluie d'abord, puis bras portant une chemise et des journaux, veston anglais, lunettes — apparut dans l'encadrement de la porte. C'est grâce à la promotion de monsieur Iline dans le service — il était devenu rédacteur — que j'étais passé correcteur. Porphyre — qui savait tout — m'avait dit que Mileroud avait été, en Union soviétique, collaborateur de l'agence de presse Novosti et membre du parti communiste. C'est peut-être pour cette raison qu'il était toujours extrêmement aimable avec tous, même avec moi. « Voulez-vous une tasse de café ? J'ai reçu un petit livre très intéressant hier, vous voulez le lire, Edward ? »

Plusieurs machines à écrire résonnaient maintenant.

Anna Zinovievna s'était jointe à Salomon Zakharovitch. Elle traduisait les colonnes du *New York Post.* Plusieurs fois par mois, il arrivait que, mal organisés, ils traduisissent la même information. La nouvelle arrivée Anna Zinovievna et le toujours membre de la rédaction Salomon Zakharovitch se détestaient en silence. Entre eux, comme entre les sœurs Rogotchinskaïa, il y avait compétition, mais professionnelle. C'était à qui savait le mieux l'anglais. C'était à qui traduirait le plus vite.

— Hello, ladies and gentlemen !

Evgueni Vanstein, un jeune gars dodu aux cheveux blancs, notre typographe en chef, entra portant, hélas, un paquet d'épreuves dans ses mains déjà tachées d'encre. A la différence des autres salariés du *Russkoïe Delo,* Vanstein émaillait son discours de phrases d'anglais. Il souhaitait visiblement, plus que les autres, s'intégrer dans la culture du pays dans lequel le journal était édité.

— Où est notre deuxième tire-au-flanc ? me demanda Vanstein en montrant la chaise numéro 2 vide, près de la table. Il est en retard, comme d'habitude ?

Vanstein était propriétaire d'une partie des actions du journal, il se sentait donc en droit de commander quand il le pouvait. Pour ma part, j'étais plein d'ironie à son égard. Pour moi, il était un technocrate venu, encore enfant, de la provinciale Pologne aux Etats-Unis. Un homme simple, Vanstein. J'avais travaillé avec des gars de ce genre dans des usines et sur des chantiers en Ukraine. Je le connaissais comme ma poche et nous n'avions pour cela pas de mauvaises relations. De plus, depuis qu'il avait vu mon Héléna — elle était un jour venue à la rédaction chercher la clé de l'appartement — Vanstein me respectait. Le mécanisme dans sa boîte crânienne avait fonctionné de sorte que le résultat pouvait se formuler à peu près ainsi (je l'avais lu dans ses yeux) : « Si ce gars à lunettes a une femme pareille dans son lit, c'est qu'il doit valoir quelque chose. Il vient d'arriver, c'est pour ça qu'il n'est que correcteur. »

— Fais ça, maintenant. Moïse m'a dit de le livrer aujourd'hui.

Vanstein posa les épreuves sur la table. Je remuai les papiers avec dégoût pour trouver le début. « La colonne du rédacteur. » Bon, les œuvres du boss étaient plus intéressantes que celles de l'ancien officier soviétique Koriakov où l'anticommunisme se mâtinait de gastronomie, et sans doute plus logiques que les articles écrits en pleines crises de delirium tremens par l'alcoolique Privalichine sur l'art figuratif. Monsieur Privalichine — un vieux clochard lourd et solide, toujours tremblant, au visage bleuâtre d'éthylique, et puant — faisait souvent irruption dans la salle de rédaction pour nous extorquer un billet de cinq dollars ou d'un dollar pour faire passer sa gueule de bois. Il était notre correspondant artistique. Je le rencontrai une fois en hiver à Broadway, pieds nus dans ses chaussures. Il avait un style original. Décrivant l'exposition d'une ancienne nullité soviétique, Privalichine avait l'habitude de comparer crânement le peintre à des personnalités inconnues de l'histoire de l'art, aux

24

noms le plus souvent allemands. « Les travaux de monsieur ... m'ont en particulier fait penser à des toiles de maîtres remarquables de la peinture tel Otto Schtukelmaier et Artur Finkl... » Allez savoir qui étaient Artur et Otto. Peut-être Privalichine s'était-il soûlé la veille avec eux.

Je me plongeai dans la « Colonne du rédacteur ». Moïse aurait aisément pu devenir en son temps un journaliste américain. Maintenant qu'il avait presque soixante-dix ans, il était trop tard, bien sûr. Il pense clairement et exprime clairement ses pensées. Pourquoi a-t-il préféré devenir propriétaire d'un journal de l'émigration ? N'a-t-il pas eu de volonté ? N'a-t-il pas eu d'ambition ? Le journal, c'est vrai, lui rapporte pas mal d'argent. Ce quatre-pages qui en tout point ressemble à la *Pravda,* du format aux caractères, tire à 35 000 exemplaires. Ce n'est pas un mauvais tirage, même pour un journal américain. Dans les kiosques, les newspaper men appellent notre journal le *Russian Daily.* « Vous avez le *Russian Daily* d'aujourd'hui ? » Moïse nous incite à le demander dans tous les kiosques, et nous invite à lui signaler immédiatement tous les endroits où notre *Daily* manque...

La porte s'ouvrit et, journal à la main, lunettes à verres fumés sur le nez, Alka se glissa à l'intérieur, tel un gentleman espion faisant mine de n'être absolument pour rien dans toute cette histoire. Mon coéquipier et ami Alexandre Lvovski. Il se coula dans son fauteuil, prit une page de mon paquet, sortit un stylo de sa poche, arrangea sa cravate et murmura seulement en souriant :

— Good morning, Edward Veniaminovitch... Moïse est arrivé ?

— Pour votre bonheur, mon cher, le boss n'est pas encore là. Mais Vanstein est déjà passé. Vous vous êtes encore bourré, hier ?

— Je suis allé visiter Coney Island avec ma famille et des amis. C'est tout.

— J'espère que votre famille était encore en vie après ?

— La petite était ravie. Elle riait comme une folle, avec la tête en bas. Vous savez, il y a là-bas une roue qui s'arrête juste quand vous avez la tête en bas. Elle s'arrête quelques secondes, mais si c'est la première fois que vous montez là-dedans, vous ne le savez pas... Des cris d'effroi, les enfants, les adultes, tout le monde hurle, et lorsque la roue repart, on entend un grand rire sauvage. Entre nous soit dit, les distractions américaines sont quelque peu barbares...

— Oui, surtout si avant cela, on a bu une bouteille de vodka...

— Pas une bouteille, n'exagérez pas Edward Veniaminovitch...

— Ha-ha, mister Lvovski a daigné faire son apparition.

Vanstein était sorti de la cage du rédacteur adjoint et s'était arrêté près de notre table.

— Vous ne viendrez bientôt plus que pour chercher votre chèque.

— Ce serait bien de ne venir que pour ça. Monsieur Vanstein, combien de fois vous ai-je demandé de ne pas oublier, s'il vous plaît, de me dire bonjour avant de me faire la conversation ?

— Si j'étais à la place de Moïse, Lvovski, vous me parleriez...

— Ecoutez, monsieur Vanstein, cessez-là votre démagogie, s'il vous plaît. Avons-nous, nous, correcteurs, retardé une seule fois la parution du journal ? Vous feriez mieux de mettre de l'ordre à la typographie. Qu'est-ce que vous fabriquez là-bas, hein ? Hier encore, vous avez perdu l'original d'un article... Vous buvez là-bas ou quoi ?

— Lvovski...

Mais Vanstein n'eut pas l'occasion de terminer sa phrase. Notre boss était entré avec chapeau, Mac Intosh gris et lunettes noires, un vrai chef du syndicat de la Murder Incorporation, avec, au visage, une expression cynique et dégoûtée. Un type portant l'accoutrement de la secte des Loubavitchs, barbe et papillotes dépassant du chapeau, le suivait.

— Bonjour messieurs ! Salomon Zakharovitch, vous avez écouté la radio aujourd'hui ?

Dans ces cas-là, Salomon Zakharovitch sortait sa pipe de sa bouche, et se déployait en même temps que sa chaise.

— Non, Moïse Iakovlevitch, pourquoi ?

— Venez dans mon bureau, je vous expliquerai. Seulement, laissez-moi terminer avec ce monsieur...

Le boss, qui ôtait son imper en marchant, entra dans son bureau. Le Loubavitch, faisant claquer ses souliers vernis — au bruit, les semelles devaient être de cuir — entra derrière lui. L'esclave de la religion ne nous regarda même pas, nous autres, esclaves du capital.

— Vous aimez les empapillotés, Edward Veniaminovitch ?

Lvovski ricana. Il ajouta à voix basse :

— Avant aussi les empapillotés lui donnaient de l'argent. Mais maintenant, ils viennent de plus en plus souvent. Ils veulent mettre le grappin sur le journal, pour laver le cerveau de tous les nouveaux émigrés à coup de sectarisme.

— Tant que Moïse sera vivant, cela ne se fera pas. Il est le maître ici. Money, il en prend même à des vieillards débiles, pourquoi ne leur en prendrait-il pas, mais l'enculer, ça, tous les Loubavitchs ensemble, Grand Rabbin en tête, n'y arriveront pas. Moïse est malin comme l'Ecclésiaste.

— Eh, chagrin de littérateurs !

Vanstein, qu'on avait oublié, nous héla.

— C'est mon anniversaire aujourd'hui. Les gars de la typographie organisent un pot. Bouclons le numéro et welcome en bas...

Alka se leva, saisit la pogne musclée et noire d'encre de Vanstein et la serra vigoureusement.

— Bon anniversaire, monsieur Vanstein ! Mes félicitations ! Quel âge avez-vous ?

— Bien assez...

— Nous viendrons volontiers, fis-je. Il faut acheter à boire ?

— Nous avons acheté suffisamment d'alcool, mais si vous voulez vous beurrer jusqu'à en perdre la

28

mémoire, achetez quelque chose. Mais que vous arriviez à l'heure demain matin.

Vanstein hocha la tête d'un air désapprobateur et sortit.

— Picolons avec le prolétariat, Edward Veniaminovitch !

Porphyre se glissa dans la rédaction d'un mouvement arrondi, presque sans pousser la porte, l'air mou comme au sortir d'un bain, chemise blanche ouverte sur la poitrine. Il étala sur la table quelques pages de texte et fit très vite ; on eût dit qu'il avait peur de perdre le droit d'expression :

— Descendez dès que vous aurez terminé la première page, les gars. Lechka est allé au magasin hongrois et a acheté de la marinade de choux, des harengs et du jambon. Pour bien arroser l'anniversaire d'Evgueni.

— Ils ont acheté combien de bouteilles de cognac Napoléon ? Quatre ? Six ?

Alka s'amusait à charrier Porphyre, en faisant référence à la faiblesse des typos pour le Napoléon. C'est qu'ils ne boivent pas de vodka, nos linotypistes, ils la dédaignent, voyez-vous. C'est qu'on ne trouve pas comme ça, au pied levé, des linotypistes compositeurs de textes russes aux Etats-Unis. Moïse, plutôt dur à la desserre, est bien obligé de les payer correctement. C'est vrai aussi que les linos russes ont du mal à trouver du travail dans leur secteur. Alors ils se font un chantage permanent... A l'affût de l'attaque de Moïse sur son salaire et ses droits, l'élite de la classe ouvrière méprise la vodka et boit aristocratiquement le trois fois plus onéreux cognac Napoléon français. On les connaît et on les apprécie nos travailleurs dans le magasin d'à côté, à l'angle de la 55e rue et de Broadway. Ils ont déjà descendu un paquet de caisses de Napoléon. Le salaire est quelque chose de secret aux Etats-Unis, mais je suppose que la différence entre ce que gagne Porphyre et ce que Alka ou moi gagnons correspond à la différence qui existe entre le Napoléon et la modeste vodka...

La journée de travail passa, plus ou moins calme. Il y avait des journées plus tendues. Comme je conduisais la pointe de mon crayon le long du texte du roman policier *Le Château de la tsarine Tamara,* je me souvins de ma femme laissée sur Lexington et tentai de me l'imaginer à cet instant précis. Si elle n'avait pas de rendez-vous avec des photographes, Héléna venait de se lever, s'était fait du café et était assise dans la cuisine, regardant dans la cour à travers l'enchevêtrement de l'escalier de secours... Mais, je m'imaginais avec déplaisir l'éventualité d'un autre scénario matinal : habillé de mon costume gris, mon parapluie canne à une main, à l'autre mon porte-documents, je ferme la porte derrière moi. Héléna saute aussitôt sur ses pieds, va, nue, dans le living-room, prend le téléphone et effleure les touches d'un doigté habitué : « John ? Je t'attends. Il est parti. Non, il ne reviendra pas avant sept heures... »

— Moïse paye cent dollars chaque épisode de *Tamara* à cette merde de Meyer. Parce que Meyer est un vieil ami. Cent dollars tous les jours ! Et nous, vingt pour un article.

Alka ôta ses lunettes et s'essuya le visage de sa paume.

— Relisez plus attentivement ce chef-d'œuvre, s'il vous plaît. J'ai par hasard hier regardé le numéro de samedi, les lignes étaient interverties à trois reprises. Dieu merci, aucun des collaborateurs ne lit ce putain de polar.

Je savais que je ne valais pas Alka, en tant que correcteur. Mon instruction ne va pas au-delà de l'instruction moyenne d'un littérateur. Si mon orthographe est plus ou moins supportable, ma syntaxe est épouvantable et fantasque. Poète libre à Moscou, j'ai pendant de longues années méprisé les virgules et affirmé que l'aspect même de la Virgule suscitait ma répulsion. Et voilà qu'un homme dégoûté par les virgules était assis à une table de correcteur. Lvovski m'avait donné un manuel de grammaire ; j'avais tenté d'éclaircir la nature des virgules, mais n'avais fait que mélanger encore plus les choses. Cependant l'auteur de la *Tsarine Tamara* n'était pas plus au courant que moi. Souvent, au lieu d'une virgule, ou avec, il mettait un tiret. « Camarade Nefedov, surveillez cet homme et ne le laissez pas sortir d'ici ! — Où sont vos étudiants ? — Mon petit frère les a emmenés voir la forteresse de Tamara, — fit l'orpailleur, légèrement troublé... — Baliverne ! — hurla Karski. — J'ai plusieurs fois entendu cette légende des jumeaux de Staline... »

— Dites, Alexandre, vous croyez que Staline avait des jumeaux ?

Lvovski s'arracha de bonne grâce à sa correction.

— Je vous dirais honnêtement, Edward Veniaminovitch, que ces vieilles histoires ne m'intéressent absolument pas. Pourtant, je n'aurais pas refusé l'héritage (il se plongea dans sa correction) d'Anna Kovaltchouk, morte dans la maison de vieux du Fonds Tolstoï. Le procureur général de l'Etat de New York recherche ses héritiers pour leur remettre... Aha, j'ai trouvé. Real and personal Property, des biens immobiliers et mobiliers... Les biens immobiliers m'ont toujours beaucoup plu, Edward Veniaminovitch, et cette adorable vieille a laissé une maison et des acres de terrain dans le Rockland County. Ah, pourquoi est-ce que je ne m'appelle pas Kovaltchouk ?

— Qu'est-ce que vous foutriez de ces pierres à Rockland ? Vous vouliez, souvenez-vous, partir en Europe.

— Vendre le terrain et la maison et partir en Europe. Que faire sans argent en Europe ?

A la fin de la journée, le nouveau-né Vanstein, préoccupé, ébranla lourdement l'escalier entre la typo et la rédaction pour nous apporter une par une les épreuves de la première page. Enfin, il entra en courant, satisfait, avec la fin de la première page, la donna à Lvovski et resta debout près de la table, s'y accouda pour attendre en piétinant sur place. J'avais déjà lu mon dernier texte. Je travaillais plus mal mais plus vite que Lvovski.

Quelques minutes plus tard, visiblement irrité par les souliers d'ouvrier de Vanstein battant avec impatience le sol, Alka ne put se retenir.

— Ecoutez, allez vous faire foutre, monsieur Vanstein. Je termine la correction et je vous l'apporte...

— Eh-eh, monsieur Lvovski, vous n'êtes pas sur un marché. Ne jurez pas... Qui plus est, ne l'offensez pas, c'est son anniversaire ! fit le boss derrière moi.

— Je m'excuse Moïse Iakovlevitch. Mais il est toujours sur notre dos... On est toujours sous presse et c'est toujours à cause de la typographie !

— Coexistez, messieurs ! Nous vivons à l'heure de la détente. Coexistez pacifiquement... Hein, Porphyre Petrovitch ! Vous avez oublié quelque chose ?

Porphyre caressa, perplexe, ses cheveux gris. Il était sans doute venu pour houspiller Alka, les ouvriers étaient pressés de boire.

— Je cherche le responsable de la typographie, Moïse Iakovlevitch.

— Eh bien, il est devant vous le responsable. Quoi d'autre ? fit Moïse.

— Qu'est-ce qui s'est passé, Porphyre ? demanda Vanstein d'un air sombre.

La silhouette de péquenot de Lechka Potchivalov était apparue dans l'entrebâillement de la porte.

— Et vous, monsieur Potchivalov, vous êtes bien sûr venu chercher Porphyre Petrovitch ? s'enquit Moïse, railleur.

— Tenez, je vous les offre pour votre anniversaire !

33

Alka tendit les épreuves à Vanstein, mit son stylo à bille dans la poche de son veston et se leva.

— J'espère que c'est tout pour aujourd'hui ?

— Si ce n'est pas assez, je peux te donner huit colonnes de la *Tsarine Tamara*, fit Vanstein, menaçant. Lechka a eu le temps de les composer.

— Non, pas à moi, à Edward Veniaminovitch, s'il vous plaît. C'est son roman préféré.

— Bon, alors, on arrose ou non ? J'étais invité, je crois ?

Moïse leva la tête et regarda Vanstein d'un air rusé, de bas en haut. Comme dans le film de la série des « Untouchables », le petit gangster Moïse, genre petit type cruel à la Lemke-le-bookkeeper, vêtu d'un costume à rayures, donnait ses ordres à ses gaillards costauds mais bêtes.

— Mais bien sûr, Moïse Iakovlevitch !

Vanstein sortit de la stupeur dans laquelle l'avait plongé l'insolence d'Alka.

— Lechka, descends les corrections. Ladies et gentlemen, je vous invite tous à la typographie. Buvons à mon anniversaire...

Le plus diligent des linotypistes, Porphyre, avait disposé sur les tables de composition les zakouskis et les bouteilles. Le service venait naturellement de chez Woolworth & Woolco : nappes et assiettes en papier, couteaux et fourchettes en plastique. Le personnel du *Russkoïe Delo* trinquait joyeusement avec les gobelets en carton, cela ne faisait aucun bruit, mais le Napoléon était aussi brûlant que s'il avait clapoté dans du cristal.

La gent féminine n'était représentée que par la comptable. Anna Zinovievna était partie, enfilant son manteau en marchant, pour s'occuper de ses nombreux enfants. Rogotchinskaïa était rentrée chez elle pour soigner sa tête. En fait, sa tête n'y était pour rien, simplement elle nous méprisait tous, à l'exception du boss. Bien qu'elle fût née en Allemagne, Rogotchinskaïa se considérait comme une authentique Américaine et, Porphyre le disait en souriant malicieusement, « ne se laissait enculer que par des Américains ». Pour elle, nous n'étions qu'une bande de ratés, aucun d'entre nous ne toucherait jamais le million. D'après Porphyre, Rogotchinskaïa non plus. « Elle restera vieille fille, cette connasse stupide. Elle est déjà blette, et elle continue à trier ses fiancés. On n'a pas besoin d'elle, avec ses maux de tête. Tout autour, c'est plein de culs de vingt ans. »

Porphyre était un insupportable cynique. Pouvait-il en être autrement ? Il avait servi dans l'armée Rouge, s'était retrouvé en captivité en Allemagne, et était devenu maton dans un camp de concentration. « Pas à Auschwitz, rassure-toi, un petit stalag sympathique, à quatre chiffres », m'avait-il dit, le jour où nous avions fait connaissance. Au cours de nos conversations suivantes, Porphyre n'était déjà plus sûr de ce petit stalag sympathique et me laissa entendre, d'une manière ambiguë, indirectement, que peut-être, il avait été gardien, comment savoir, à Auschwitz. Porphyre voulait se rendre intéressant. Chacun veut avoir l'air d'un Byron. Le byronisme ténébreux, me semble-t-il, est dans la nature même de l'homme. Et y a-t-il profession plus byronienne que celle de gardien d'Auschwitz ?

Les personnalités byroniennes m'attirent. A Moscou, Julo Sooster, un peintre, était devenu mon ami la dernière année de sa vie. C'était un ex-prisonnier soviétique... Et un ex-SS ! Si l'on fouille derrière ces lettres, terribles et sonores, on découvre une banale histoire de l'année 1944. Le Reich était perdu, et, pour le sauver, on mobilisa entre autres le jeune Julo tout juste âgé de vingt ans, à l'époque étudiant à l'Institut des Arts de Tartu. En 44, on n'enrôlait plus dans les SS que les purs Fritz, mais également les tribus apparentées ; l'Estonien Sooster dut donc combattre au front deux mois dans le corps des vaillantes armées SS. Après avoir quitté l'uniforme, Julo était revenu chez lui et était sagement retourné étudier à l'Institut. En 1949, il terminait l'Institut et c'est à ce moment-là qu'il fut dénoncé. Il passa onze ans dans les camps...

Est-ce moi qui suis attiré par les personnalités byroniennes, ou est-ce moi qui les attire ? Des matons, des SS... J'en aurai des souvenirs, à la fin de ma vie...

Moïse but un doigt et demi de Napoléon pour l'anniversaire de Vanstein, mâcha comme nous tous, vulgairement, des concombres hongrois, et resta quelque temps à sautiller en notre compagnie à côté des galées. Il se tira par une habile plaisanterie des allusions glauques de Porphyre, enhardi par le cognac, sur le fait que ce ne serait pas mal d'augmenter les ouvriers de la typo de cinq dollars par semaine (dans le pays de l'inflation, boss...) et se prépara à partir. Il demanda son Mac Intosh, Vanstein le lui donna et Moïse s'y glissa en le faisant froufrouter ; puis il enfonça son chapeau et nous regarda d'un air rusé :

— Vous êtes jeunes, faites la fête, je vais retrouver ma femme... Seulement ne buvez pas jusqu'à en perdre la typo...

— Bon, maintenant nous pouvons boire, messieurs ! Alka se frotta les mains. Clair que la vodka bue la veille fermentait, ravivée par le Napoléon, et qu'il était bien. Clair aussi qu'il serait mal le lendemain, mais pour l'heure, il était très bien.

— Allez, monsieur Vanstein, buvons à l'amitié. Pour qu'aucun désaccord de travail ne vienne assombrir nos relations personnelles. A propos, cela fait longtemps que vous n'êtes pas venu chez moi. Que diriez-vous de dimanche prochain ? Si vous êtes libre, je vous invite avec votre épouse. Et Edward Veniaminovitch viendra aussi...

Eméché, le bon Lvovski étreignit Vanstein, lui aussi éméché et radouci, et ils se mirent d'accord, s'interrompant l'un l'autre, tels deux écoliers se réconciliant après une bagarre. Comme il se doit à la seconde étape d'un parcours éthylique, Lvovski et Vanstein en étaient à l'intime, au tête-à-tête, ainsi que tous les autres « messieurs ». Lechka Potchivalov « interlocutait », en se rhabillant, avec Salomon Zakharovitch sur l'histoire de l'almanach russe *Tchisla,* né et mort à Paris dans les années trente. Le rédacteur adjoint Sretchinski discutait en sirotant du Coca-Cola avec la comptable soudainement devenue moustachue, armée d'un plein verre de Napoléon. Encore plus étuvé, Porphyre, rose et

37

rouge, décida de me faire une déclaration d'amour :

— Je sais pourquoi tu me plais... Tu me fais penser aux bons vieux gars de ma jeunesse. Les juifs qui sont partis de là-bas sont tous des psychopathes. Tu as bon caractère, Edward, tu es calme. On peut te faire confiance. Je serais parti en reconnaissance avec toi...

Serré contre une galée, j'écoutais Porphyre en souriant avec vanité. Vrai, Porphyre était plus sentimental quand il était aviné et les Russes pouvaient se compter sur les doigts d'une main dans l'émigration ; si Porphyre avait eu plus de choix, il ne serait peut-être pas parti avec moi, mais j'étais fier malgré tout. Cela ne me gênait aucunement que Porphyre fût le type même avec lequel il était contre-indiqué, pour un jeune Soviétique, de partir en reconnaissance. Amusant, pensai-je, de voir que Porphyre et les moujiks soviétiques emploient le même idiome. Qu'allons-nous reconnaître ? La position des ennemis. L'ennemi, c'est le *nemets*/l'Allemand, qui est *nemoï*/muet, ne parle pas notre langue, mais une langue incompréhensible. Les Américains parlent une langue incompréhensible. Et nous sommes, Porphyre et moi, en reconnaissance chez eux. Je décidai que je serais allé à l'arrière-front de l'ennemi avec lui. Car Porphyre possédait la prudence et la précision nécessaire à cette activité. Dans la profession de soldat, comme partout, on a du talent, ou on n'en a pas. Porphyre en avait en tant que soldat. La mort ne frappe les soldats de talent qu'en dernier, lorsqu'elle n'a plus le choix...

— Porphyre Petrovitch, qu'est-ce qu'on ressent quand on tue un homme ?

38

— Rien. On n'a pas le temps de faire du sentiment. Et puis, à la guerre, non seulement tuer est permis, mais c'est pour cela que tu es au front, pour tuer. On ne s'occupe jamais de sentiments. C'est l'individu assassin qui, en temps de paix, est tenaillé par les sentiments.

— Est-il possible de ne rien ressentir quand le type sur lequel on vient de tirer, tombe à genoux, sur le flanc, agonise à vos pieds et meurt ? Il est mort. Et on ressent quoi ?

— Rien. C'est au cinéma qu'ils meurent à tes pieds. Pas dans la vie. Dans l'attaque on n'a pas le temps de s'arrêter. Ou alors on s'arrête pour en achever un, qu'il ne te tire pas dans le dos ou dans celui de tes gars, on vise la tête et on continue. On ne pense qu'à faire attention, pour ne pas tomber sous le feu de l'ennemi, ou pour ne pas toucher les tiens. On n'a pas le temps d'entrer dans les détails, de scruter son regard ou d'écouter ce qu'il murmure au dernier instant.

— Je pense souvent, Porphyre Petrovitch, que parce que ma génération n'a pas vu la guerre, nous sommes comme inachevés. Nous ne sommes pas de vrais hommes. D'éternels adolescents. Je fais un complexe d'infériorité. Je ne sais même pas si je saurais tuer un homme.

— Bien sûr que si, tu saurais. Qu'est-ce qu'il y a là d'extraordinaire ? Des millions ont su, pourquoi est-ce que toi, tu ne saurais pas ? Réfléchis : des dizaines de millions d'hommes ont participé à la dernière guerre. Ils ont tous su.

Porphyre me regardait d'un air joyeux. Il croyait

que je pourrais fort tranquillement m'acquitter du travail de soldat, tuer comme tous les bons petits soldats,
sans états d'âme dostoïevskiens, sans regret pour
l'ennemi achevé d'une balle dans la tête. Je voulus
interroger Porphyre sur le stalag, mais me rappelant
qu'il se souvenait moins volontiers de cette période de
sa vie, je décidai de le faire une autre fois, lorsqu'il
m'emmènerait au Billy's Bar et que nous nous soûle-
rions. Le Billy's Bar se trouve dans Broadway, près
de la 46ᵉ rue, et le patron, le Noir très noir Billy, est
un ami de Porphyre. Porphyre se soûle chez Billy, sans
se soucier des conséquences. Dans le pire des cas (cela
a eu lieu une fois), Billy téléphone à la femme de
Porphyre qui arrive dans une grande automobile pour
récupérer son alcoolique. Sa femme s'appelle Maria,
mais j'ai toujours entendu Porphyre l'appeler Macha.
Maria est forte, belle et silencieuse. Porphyre me
promet toujours de m'inviter dans sa « baraque »,
comme il dit, quelque part hors de New York, mais
n'a pas encore tenu sa promesse. Selon moi, ce soldat
a peur de sa femme.

— Je peux vous voir un instant, Edward Veniaminovitch ?

Sretchinski s'était approché, serrant, tel un écolier,
son porte-documents noir et usé contre sa poitrine. Il
s'efforçait de ne pas voir Porphyre. Ce patriote et anti-
communiste russe qui avait courageusement combattu
le fascisme méprisait le traître Porphyre, fait prisonnier
par les fascistes et devenu maton dans leurs camps.
S'il l'avait croisé pendant la guerre, le colonel Sretchinski aurait certainement donné l'ordre de le fusiller

contre le premier mur venu. Le destin avait attendu des dizaines d'années pour que leurs passions s'apaisent, et seulement alors, les avait jetés au *Russkoïe Delo,* les obligeant à se voir quotidiennement et même à échanger des phrases.

Nous nous approchâmes de la porte.

— Excusez-moi de vous soustraire à cette fête populaire, Edward Veniaminovitch, mais j'aimerais vous dire quelque chose d'important. Ne voulez-vous pas monter aux archives, ce serait plus calme. Il est impossible de discuter ici.

J'acceptai. A l'époque, j'avais encore du respect pour les anciens. Je le suivis. Il ouvrit de sa clé la porte des archives autrefois sans doute peinte en rouge et maintenant délavée et par endroits tachée d'eczéma. Une odeur de papier pourri par l'humidité nous prit à la gorge. Serré entre deux étages, l'entresol sans fenêtres était exigu pour les archives d'un journal qui existait depuis soixante ans. Le sol était surchauffé par les Linotype de la typo, tandis que les murs restaient froids. La différence de température faisait que les archives étaient toujours humides. La mort la plus rapide du papier. Moïse parlait souvent de la nécessité de chercher un autre local mais ne trouvait pas le temps de le faire.

— Vous êtes déjà venu ici, Edward Veniamino-vitch ?

— Non, Iouri Sergueevitch.

En fait, j'y étais déjà venu. Plusieurs fois. Pourquoi avais-je menti ? J'avais l'impression que cela lui ferait plaisir d'être mon guide dans cette crypte.

S'enfonçant profondément dans une fissure, Sret-chinski fouilla là-bas et revint avec un lourd dossier coquille d'œuf de coucou. Il le posa sur l'unique table des archives.

— Voilà, regardez. Les premiers numéros de notre journal.

J'ouvris le dossier. Je découvris des pages fragiles, jaunes, déchirées et recollées, tombant en poussière. La première chose à me sauter aux yeux fut une grande caricature de Stolypine, où l'on voyait le ministre passer lui-même une corde au cou d'un homme décharné. On y annonçait la réunion d'une mystérieuse organisation dont je n'avais jamais entendu parler : le RUP, le Parti révolutionnaire ukrainien. Sur plusieurs numéros successifs, le polémiste S. Antonov, à coup sûr putréfié depuis longtemps, attaquait le journal *La Voix du travail*.

— C'était quoi, ce journal, Iouri Sergueevitch, *La Voix du travail* ?

— L'organe du Parti des anarchistes. Il a été fondé ici, à New York, un an avant notre journal, en 1911. Il s'appelait officiellement *Organe de l'Union des travailleurs russes des Etats-Unis et du Canada*. Le *Russkoïe Delo* avait de mauvais rapports avec *La Voix*... Vous devinez pourquoi je vous ai conduit ici, Edward Veniaminovitch ?

— Non, Iouri Sergueevitch...

— Pour susciter votre dégoût... Regardez tout autour. Regardez les rayonnages, couverts d'éditions russes. Voyez toute cette littérature de rebut ! Une mer ! Et ce n'est qu'une petite partie des passions de l'émigration... Dans chaque numéro, dans chaque petit journal attaqué par le temps, sont ensevelis les espoirs, la volonté, les talents d'innombrables Russes qui rêvaient d'un nouvel avenir pour leur patrie. Combien de débats, de discussions, de querelles, de différends, internes et externes aux partis, et voilà le résultat, là, devant vous, tous, sans exception, se sont retrouvés au cimetière de l'Histoire. C'est dans un cimetière que je vous ai conduit, Edward Veniaminovitch... (Il eut un sourire triste.) Pardonnez-moi ce ton, je vous en prie. Moïse Iakovlevitch m'a fait lire votre article sur le mouvement religieux en Union soviétique... Je l'ai lu... Il est intéressant, il sortira samedi, mais voici ce que j'y ai remarqué... (Sretchinski effleura le dos du dossier coucou. Le dos se cassa soudain sous ses doigts.) Voyez comme tout est décrépit... J'ai remarqué que vous vous passionniez pour les querelles d'ici... Vous vous êtes déjà habitué... C'est dangereux. Vous êtes tout jeune, vous ne devriez pas vous laisser engloutir par cette vie de cimetière. Fuyez, Edward Veniaminovitch, fuyez avant qu'il ne soit trop tard. N'importe où, allez dans un magasin de prêt-à-porter de Broadway, allez laver le plancher dans un bar, mais fuyez. Ici il n'y a qu'une vie morte et des âmes mortes. Un jeune ne doit pas fréquenter les morts. D'autant que fréquenter les morts n'est pas sans effet sur les vivants... Vous savez, cela fait un quart de siècle que je n'ai pas vu de jeunes Russes. J'ai, savez-vous, une relation un peu particulière avec vous. Les enfants et petits-enfants des gens de mon âge ne comptent pas, ce ne sont déjà plus des Russes, mais de jeunes Américains... Je suis curieux

43

de savoir quel fruit vous êtes, cela m'intéresse de savoir quels hommes produit maintenant ma patrie... Je vous ai observé, et j'ai trouvé qu'il n'y avait rien de terrible, les hommes, à en juger par vous, par vos... Bref, j'ai découvert que ce système n'avait pas corrompu les hommes comme je le pensais. Que vous étiez un jeune comme doit l'être un jeune Russe. Vous avez des passions, des engouements, des joies, des opinions extrêmes... Je m'attendais à ce que ce système produisît des monstres. Voilà pourquoi vous m'êtes sympathique et pourquoi je vous dis maintenant ce que je n'ai jamais dit à quiconque : fuyez ce journal mort, fuyez ce cimetière ! Regardez encore une fois autour de vous et souvenez-vous pour toujours de ce tas de vieux papiers en quoi se sont transformés les énergies, les volontés et les talents...

— Iouri Sergueevitch, commençai-je.

Il m'arrêta.

— Ne dites rien. Vous voulez savoir pourquoi la plupart des vieux émigrés détestent si unanimement Nabokov ? Ce n'est pas du tout à cause de sa soi-disant obscène et pornographique petite Lolita, ni de sa morgue et de son snobisme, mais parce qu'il a su s'arracher au ghetto des idées et des notions mortes. En se sauvant. Il a su se défaire de la déification indécente de l'image morte de la Russie morte. De la nécrophilie à laquelle nous nous adonnons, avec plaisir, depuis soixante ans. Moi aussi, pécheur, je suis de ce nombre.

Il referma la porte des archives et nous descendîmes. Silencieux. Au pied de l'escalier, il me serra la main, tira avec effort sur lui la lourde porte et sortit dans la 56ᵉ rue. Je retournai à la typo. Triste. En méditant sur le fait que les hommes de la soixantaine voulussent toujours enseigner la vie aux jeunes de leur propre tribu, et qu'étant l'unique jeune de la tribu de Sretchinski et de Porphyre au *Russkoïe Delo,* on s'arrachât ma personne. Pourtant, je n'étais même pas un jeune de la première jeunesse.

Dans l'atelier, tout le monde était gai. Porphyre dansait avec notre seul Américain, le chauffeur et coursier Jim Bullfighter, aux sons de l'harmonica de Lechka Potchivalov. Porphyre et Bullfighter en train de danser sur l'air de *Katioucha* ne ressemblaient en rien à des âmes mortes. Porphyre était plutôt bien vivant. Voulant sans doute symboliser le sexe féminin, il avait noué un mouchoir sur ses cheveux gris. Vanstein et Lvovski, le verre à la main, s'engueulaient près d'une casse.

— Vous êtes un type étonnant, monsieur Vanstein. Fixer un prix pareil à un ami !

— Je te fixe le prix que ça vaut, Aleks. Je ne prends rien pour moi, aucun profit ! Si tu savais ce que Moïse prend aux Loubavitchs pour imprimer leurs prospectus ! Trois fois plus !

— Les Loubavitchs ont tant de money qu'ils peuvent payer même cent fois plus ! Mais moi, pauvre juif soviétique, passé en Occident sans le moindre kopeck en poche ! (Lvovski me fit signe d'approcher et me prit à partie.) Voilà, Edward Veniaminovitch, monsieur Vanstein vient de m'écorcher vif. Il me demande un prix fou, quatre mille cinq cents dollars pour la composition d'un livre !

— Edward, explique-lui, toi. Je ne peux pas faire travailler un linotypiste pour rien. Je dois lui payer sa journée de travail. Exactement ce que je demande pour le livre.

— Monsieur Lvovski est un intellectuel. Il ne peut pas comprendre la psychologie de l'ouvrier.

Porphyre, essoufflé, se servit une copieuse rasade de Napoléon dans un gobelet de carton neuf.

— Pas la peine de faire de la démagogie, Porphyre Petrovitch. Nous la connaissons votre psychologie. Vous vous intéressez uniquement à money.

— Et vous, Lvovski, vous êtes contre, hein ? Pourquoi êtes-vous venu dans la capitale mondiale de money ? Pourquoi n'êtes-vous pas resté en Israël, ou là où vous êtes allé après, en Allemagne ? Vous êtes quoi, anarchiste... ?

— Vous fermez vos gueules, oui ou non ? Tirez-vous d'ici tout de suite, immédiatement ! hurla soudain une voix venue des profondeurs de l'atelier.

Je me retournai. Le linotypiste Kroujko sortit de derrière une casse massive en forme de buffet. Il était pâle et serrait un marteau dans sa main. Il marchait sur nous, le menton tremblant. Tout le monde se tut, effrayé. Kroujko avait la réputation d'être un fou furieux, dans l'équipe on le craignait, on ne l'aimait pas. Il travaillait de nuit, seul, parfois avec Potchivalov, et, à part les travaux peu urgents du journal, composait les innombrables prospectus et les quelques livres qu'éditait le *Russkoïe Delo*. Je retirai mes lunettes et fis un pas pour l'affronter. Je retirai mes lunettes exprès. Je savais qu'à la différence des autres myopes, mes yeux sans lunettes avaient l'air dur et vraiment pas drôle. Que c'était désagréable de les regarder. J'avais eu l'occasion d'expérimenter l'effet dans la pratique. — Un psychopathe, un enculé de sa mère ! On les connaît ces psychopathes. Je me souvenais de l'un d'eux à la fonderie de l'usine « la Faucille et le marteau » à Kharko. Jusqu'à mon arrivée dans l'atelier, il faisait régner la terreur, pourchassant une fois par mois les gens avec un moule d'acier. J'avais eu très peur, mais je l'avais arrêté comme un dresseur arrête un tigre au derrière déjà levé pour sauter et mon ami Borka Tchouvilov l'avait battu comme une côtelette.

Le psychopathe, long et maigre, jambes écartées comme des ciseaux, se balançait à quelques pas de moi.

— Bon, bon, taré, viens ici ! fis-je tranquillement. Viens ici, sale mollusque.

Il resta muet sous la harangue et s'arrêta. Il n'était pas habitué à ce qu'on lui parle aussi impoliment, aussi grossièrement. Il était habitué à ce qu'on ait peur de lui. Il n'était encore jamais tombé sur un dur. Je me considérais comme un dur.

— Qu'est-ce que tu regardes, approche, fis-je, que je te débourre les quinquets !

A mon propre étonnement, je découvris que ma main serrait une cuiller en plastique rouge et que je lui faisais faire des mouvements circulaires. Je pensais avoir depuis longtemps oublié toutes ces expressions et tournures de la pègre, mais non, mes années d'adolescence étaient prisonnières de la poigne de ma mémoire.

47

Ces mots avaient été collés à la superglu à ma conscience ; et de nombreuses années plus tard, je balançais par cœur des mots que je n'avais absolument pas oubliés.

Il était en face de moi et respirait lourdement. Je ne pouvais, sans mes lunettes, discerner les détails de son visage, voir si l'expression de ses yeux avait changé, mais ce n'était pas indispensable pour mes buts. Je devais le regarder comme un boa fixe un lapin, sans détourner le regard. Ce que je faisais. Le lapin était plus grand que le boa et armé d'un marteau, mais ça ne changeait rien à l'affaire. C'étaient les volontés qui se livraient un combat singulier, pas les muscles. Son imagination avait souffert de la guerre. Derrière mes yeux vides, il apercevait peut-être les vraies horreurs qu'il avait vues dans la vieille Europe, dans les plaines polonaises et les collines allemandes ? Des intérieurs éventrés, des membres arrachés, les cadavres des fosses communes ? Au contraire, mon imagination était vide, candide, par rien encombrée. J'étais comme un aspirateur au sac encore tout neuf, inutilisé. Lui, il avait déjà aspiré la boue, il était lourd. Je savais des choses sur lui — la guerre, le siège, la captivité, qu'il avait, comme Porphyre, servi chez les Allemands... Il ne savait rien de moi. J'étais pour lui un extraterrestre venu d'une autre planète, un martien. Il avait peur de moi et je le sentais. Comme on a peur d'une maison vide.

Il se retourna et courut derrière la casse. En chemin, le marteau tomba sur le lino dans un bruit sourd. Comme dans une pièce romantique où le scélérat, à bout de forces, laisse tomber son arme. Il n'aurait plus manqué que, mains posées sur le cœur, il chancelât et tombât... Le malfaiteur courut sans tomber le long de la Linotype brûlante, saisit son veston et, contournant notre groupe, se dirigea au petit trot vers la porte. Sa tête à moitié rasée, aux cheveux coupés en brosse comme ceux d'un caporal, sautilla entre les machines. « Bouff », sifflèrent les ressorts de la porte à doubles battants, en se distendant et se resserrant.

— Eh bien ! Quel correcteur ! Quel type !

Porphyre sortit des derniers rangs et me donna une tape sur l'épaule.

— Où as-tu appris à parler ainsi ? Je pensais que tu étais un intellectuel ! Mais tu es un bandit !... Ce n'est pas la première fois qu'il nous tombe dessus, c'est pour cela que Moïse l'a mis à travailler de nuit !

— Ça fait longtemps qu'on aurait dû lui apprendre à vivre ! fit Vanstein d'un air sombre.

— Lui apprendre à vivre, lui apprendre à vivre !... Qu'est-ce que vous faites, vous, monsieur Vanstein, vous êtes son chef direct, et vous ne pouvez pas remettre votre ouvrier à sa place ! C'est une honte, monsieur Vanstein, pour un patron, de s'écraser devant un ouvrier. Ici vous n'êtes pas en Union soviétique, mais dans une société capitaliste ! Vous avez oublié que vous étiez son maître ?

Lvovski sautait sur l'occasion pour bouler son contradicteur.

Bien évidemment, Porphyre, Lvovski et moi continuâmes à arroser l'anniversaire de Vanstein, mais sans le héros de la fête. Et bien sûr, comme d'habitude, nous nous retrouvâmes au Billy's Bar. Le cognac Napoléon avait déjà bien pénétré les parois de nos estomacs et était passé dans le sang, et je n'ai donc gardé comme souvenir de la seconde moitié de l'anniversaire que des visages noirs et luisants, des yeux rieurs, écarquillés ; les phrases prononcées resteront toujours pour moi une énigme. Porphyre fut vraisemblablement plus sobre et me reconduisit chez moi. Je me réveillai à l'abominable crépitation du réveil ; je ne pus me lever qu'une demi-heure plus tard et, passant par-dessus Héléna endormie, rampai jusqu'à la cuisine. Je n'avais plus qu'à courir au journal. En maudissant le cognac Napoléon et ma propre bêtise, en maudissant Porphyre et le Billy's Bar, je dévalai la 34e rue, en renversant des *salesmen* et des *saleswomen*. En métro avec les deux changements ou même en taxi, j'y serais allé moins vite.

Pour la première fois, Lvovski était arrivé au travail avant moi. Il était déjà assis, un petit sourire de supériorité aux lèvres, renversé contre le dossier de sa chaise de correcteur, il fumait une Marlboro et m'enveloppa de la tête aux pieds d'un regard camouflé par ses lunettes.

— Moïse Iakovlevitch vous a déjà demandé, monsieur Limonov. Il a demandé que vous passiez le voir dans son bureau dès votre arrivée.

Je regardai la pendule sous le plafond. Il était 8 h 06.

— Vous êtes satisfait, fis-je à Lvovski. Vous arrivez une fois plus tôt que moi et vous êtes satisfait.

Je posai mon parapluie et mes gants sur la table et me dirigeai vers la porte de Moïse. Je frappai.

— Je peux, Moïse Iakovlevitch ?

— Entrez.

Moïse était assis près de la fenêtre et tenait une photo de sa femme dans un cadre métallique. Cela faisait tout au plus une heure qu'il avait quitté sa Jenny, pensai-je, mais les vieux ont leur bizarrerie.

— On s'est plaint de vous, fit Moïse. L'ouvrier typographe Kroujko. Il affirme que vous avez essayé de le tuer hier au soir.

— Moi, le tuer ? C'est lui qui s'est jeté sur nous avec un marteau. Sans aucune raison. Qu'est-ce que j'y peux, si c'est un malade mental ?

Moïse écarta soigneusement le pied métallique, posa la photo de sa femme sur sa table, et prit une feuille de papier.

— Kroujko écrit...

Moïse se tut, remua les lèvres en cherchant les bonnes lignes.

— Voilà " ... et il me regardait avec des yeux d'assassin... " Je n'avais jamais remarqué, Limonov, que vous aviez des yeux d'assassin. Vous avez vraiment des yeux d'assassin ?

La moquerie perçait dans sa voix.

— J'ai les yeux d'un homme très myope, fis-je. Regardez.

Et je retirai mes lunettes.

— M-ouais. Des yeux normaux. (Moïse haussa les

épaules.) Cependant, vous avez tous beaucoup bu hier, c'est ce que je comprends. Vanstein n'est pas encore arrivé. Je vais devoir interdire désormais les pots dans la typographie, puisque ce phénomène prend des allures d'épidémie. Kroujko affirme que Porphyre et vous êtes les organisateurs. Kroujko, lui, ne boit pas, vous le savez.

— Moïse Iakovlevitch, n'êtes-vous pas en train de prendre au sérieux les allégations d'un psychopathe au détriment de toute l'équipe ?

— Il est venu prendre son poste, de nuit, et vous l'avez dérangé, vous chantiez, criiez, faisiez du désordre...

— Mais vous aussi, vous avez participé...

— Eh non... Je suis parti avant le début du désordre, en gentleman. En tout cas, s'il vous plaît, plus aucun pot à la typographie. Buvez ailleurs tant qu'il vous plaira. Pour ce qui concerne mes sympathies personnelles, je n'aime pas Kroujko. C'est un homme pénible, déséquilibré psychiquement, au passé désagréable. Il y a cinq ans, les autorités ouest-allemandes ont interpellé les autorités américaines, elles mettaient en cause sa responsabilité dans la participation à un commando d'extermination... Cependant, elles ne pouvaient juridiquement prouver sa participation...

— Pourquoi gardez-vous un individu pareil, pourquoi ne le licenciez-vous pas ?

— Il n'y a pas d'ouvriers typographes parmi les nouveaux émigrés. Et encore moins de linotypistes. Vous dites tous être peintres, acteurs, écrivains et poètes. Trouvez-moi un linotypiste russe qualifié et j'expédie Kroujko à l'*Unemployment*. Mais d'ici là, je suis obligé de faire avec lui et de réagir à sa plainte... Vous voulez un cigare ? Un Upman, de la contrebande cubaine. Un Moscovite émigré m'en a offert une boîte... Vous ne voulez pas ? Tant pis... Comment va Héléna ?

Moïse prit un cigare.

— Nous nous voyons peu, Moïse Iakovlevitch. Je travaille, elle court les photographes. On va, sans doute, la prendre dans une agence de mannequins.

— Soyez vigilant, votre femme va s'envoler...

Revenu à ma table, je découvris un verre de café fumant.

— Goûtez au café.

Lvovski me fit un sourire obscur et toucha sa moustache de deux semaines.

Je portai le verre à ma bouche. Une odeur d'alcool me piqua fortement le nez.

— Qu'est-ce que c'est ? C'est votre œuvre ?

— Du café avec du Napoléon. Un reste du festin d'hier. Je pense que cela ne vous fera pas de mal. Vous avez eu un blâme écrit ?

— Un blâme, mais pas écrit. Le psychopathe a mouchardé. Il a raconté à Moïse que j'avais des yeux d'assassin et que j'avais essayé de le tuer hier !

— Soyez fier. On dit qu'il a fusillé des juifs et des communistes, mais il a eu peur de vous. Il a écrit une dénonciation à la direction...

— Alors, paresseux, vous restez là ? Il n'y en a pas un pour descendre à la typo prendre le travail...

Vanstein était entré, maussade et bouffi, avec quelques épreuves dans ses mains déjà noires.

— Cessez, cessez votre démagogie, monsieur Vanstein. Vous êtes en retard, vous avez fait la grasse matinée avec votre femme et maintenant, il y a le feu...

— Oh, ta gueule, Lvovski...

Rogotchinskaïa entra dans la rédaction derrière Vanstein et retira son imperméable tout en marchant.

— Je n'ai pas dormi, j'ai mal à la tête, un cauchemar !

— Vous voulez une aspirine ? proposa la comptable.

King of fools

Il pleuvait à verse depuis une semaine. Les vitrines de néon s'éteignaient, des courts-circuits faisaient grésiller les fils. Dans la 8ᵉ avenue noire de vent et de pluie, je remarquai soudain une silhouette familière en chapeau et imperméable sortant de la porte d'un peep show. Il releva son col, plongea les mains dans ses poches, et avança sous la pluie.

Je décidai de le suivre. Ce que je faisais sous ces trombes d'eau dans les allées de pierres de New York ? Je fuyais une solitude aggravante. Je préférais encore me mouiller plutôt que de me pendre.

En rasant au plus près les murs des petits établissements écœurants pour Dieu : des buvettes hungaro-roumaines, des sex-shops et peep-shows juifs et polonais, (des Noirs solides et ventrus adossés à de vieilles portes devant des coffee-shops puant le raticide industriel mais pas le café), nous descendîmes vers la 42ᵉ rue. Ici c'était plus gai. Les coffrages de néon étaient plus solides, plus chers et résistaient à l'agression des éléments. La pluie tombait en taches de couleurs vénéneuses sur l'asphalte grêlé de la 42ᵉ rue.

Il était impressionnant, même dans la pluie. Il avait toujours été impressionnant, mais n'avait jamais su utiliser son physique. Il avait le visage puissant et fort d'un colonel de parachutistes, de criminel de classe, de héros de l'Ouest sauvage, le visage de Brando dans la fleur de l'âge. Nous dépendons tous de notre physique. Pourquoi son physique n'avait-il jamais pu participer au devenir de sa personnalité ? Un mètre quatre-vingt-quatre, une gueule et une stature de héros de cinéma, il était — ô infamie, ô crétinerie — poète ! Qui plus est poète formaliste !

Il inclinait légèrement la tête pour que la pluie ne lui tombât pas dans les yeux. Si j'avais été une femme, je me serais arrêtée comme foudroyée en le voyant, ce héros en imper et chapeau. Personne ne le faisait chier. Les groupes de vauriens noirs, à demi criminels, debout, malgré la pluie, sous les auvents des cinémas et des magasins de la 42ᵉ rue, ne lui demandaient pas d'argent, ne lui proposaient rien et s'écartaient respectueusement s'il lui arrivait de les croiser. Moi, qui le suivais à une dizaine de mètres, ils essayaient de m'attraper par la manche et m'accompagnaient de leur habituel et menaçant « Hey, man... » C'est vrai, j'étais en jean et blouson de cuir et j'avais un parapluie. Mais même en imper et chapeau, ils m'auraient fait chier, comme d'habitude. Pas lui. Il marchait tel un couteau, fendant la pluie, les criminels, les prostituées, et l'air contaminé par l'odeur d'essence,

56

de pizzas et de mauvais café. Il s'enfonçait comme un couteau dans du beurre dans ces substances. Je doute qu'il remarquait même les gens autour. Peut-être marchait-il en taillant une tragédie ? Une fois, à Moscou, il en avait taillé une et il semblait qu'aujourd'hui encore il la fignolât. Il travaillait lentement.

Cela faisait plus d'un an que je ne l'avais vu. Je ne savais pas ce qu'il faisait. Peut-être avait-il abandonné ces âneries poétiques et avait-il un vrai travail, correspondant à son physique ? Je connaissais son âge. Il avait quarante-six ans.

Nous traversâmes l'avenue d'Amérique et nous approchâmes de la 5°. De l'autre côté de la rue, courait l'enceinte du square entourant la Public Library. De l'autre côté du mur, des profondeurs du square, on entendit des détonations et une épaisse fumée s'abattit. Son chapeau se tourna dans cette direction, mais il ne ralentit ni n'accéléra le pas.

Sur la 5° avenue, il attendit le feu vert pour traverser bien qu'on ne vît pas la moindre automobile, et je le pris par la manche.

— Mister Kazakov, si je ne m'abuse ?

Il me regarda sans aucune surprise. Il ouvrit sa bouche sévère.

— Ah, c'est toi...

J'allais parler, mais le feu passa au vert.

— Je vais par là, dit-il, et il descendit une jambe du trottoir.

— Moi aussi.

Nous traversâmes.

— Je descends, dit-il, et il tourna vers Down-Town.

— Moi aussi.

Je ne voulais en aucun cas rentrer chez moi. Il était peu sociable, un vrai sanglier sauvage, mais c'était tout de même un être vivant. Je savais qu'on pouvait l'apprivoiser, qu'au début, il était toujours bourru et silencieux, mais qu'on pouvait l'amener à passer quelques heures avec soi. Silencieux, nous descendîmes énergiquement la 5ᵉ avenue.

— Nous buvons un coup, Willy ? proposai-je, en me souvenant que mon héros de cinéma aimait bien ça à une époque.

Willy était son vrai prénom. En URSS, à l'époque de sa naissance, il était de bon ton de donner des prénoms étrangers à ses enfants.

— Tu m'invites, bougonna-t-il.

— Je t'invite. Tu connais un bar dans le coin ?

— Quelle heure est-il ?

— Deux heures.

— Il y en a un à l'angle de la 30ᵉ rue et de Broadway... On y va ?

Nous repartîmes et la pluie nous cingla de plus belle.

L'établissement n'était pas un bar, mais le diable seul sait quel hangar pakistano-indien. Dans un coin d'une salle on ne peut plus triste aux murs jaunes et au mobilier de merde, quelques types à la nationalité mystérieuse jouaient aux dames. L'un d'eux se leva. Chemise blanche sale déboutonnée jusqu'au nombril, pantalon large du genre caleçon couvert de taches jaunes autour de la braguette. Je compris que le type connaissait Willy. Ses lèvres bleues s'avachirent dans un petit sourire qui découvrit des chicots.

— Un whisky, demandai-je. Du J & B.

— No J & B, no J & B... annonça avec joie l'ex-habitant du subcontinent indien.

— Foutre alors ! s'exclama triomphalement Willy. Qu'est-ce qu'il a demandé ! Du J & B ! Il n'a jamais eu de boissons aussi distinguées. Pas vrai, Rabindranat ?

A mon étonnement, Dents-pourries sourit encore plus largement et dit « C'est vlai, c'est vlai... » en russe.

Je dois dire que je suis contre les personnages, les caricatures conventionnelles, les rôles simplifiés de troisième ordre tant dans la vie que dans la littérature. C'est pour cette raison que je n'aime pas le théâtre, où, à côté des beaux héros à noms complets, grouillent toujours : le troisième brigand, le quatrième soldat, le patron de la taverne. Mais que faire lorsque dans la vie, on rencontre de tels personnages ? « Un vieillard boiteux », « une serveuse boutonneuse » sont des apparitions quotidiennes. Dents-pourries — cette caricature d'homme — était là, à sa place, et montrait ses dents. Tous les Pakistanais, les Indiens, et les habitants de Malaisie, d'Indonésie et de la ville libre de Singapour pourront m'en vouloir, mais, pouah ! qu'il était répugnant à regarder !

— Alors quoi, vous enseignez le russe à la population de New York, mister Kazakov ?

— Oui, j'éradique l'analphabétisme. Pour qu'ils soient prêts lorsque les nôtres arriveront... Tu dis « bonjour », Rabindranat ?

59

— Bi-joul... coassa joyeusement l'Indo-pakistanais et il s'esclaffa.

Il commençait à me plaire. Derrière la façade caricaturale et le troisième rôle se cachaient peut-être un cœur généreux, un esprit distingué.

— Parfait... Il s'est habitué... Il répond au nom de Rabindranat.

Willy sortit la main de la poche de son imper et soudain, geste inhabituel, pour autant que William Kazakov était maladivement délicat, tapota la joue grasse de la caricature d'homme.

— Son vrai nom est trois fois plus long, alors je l'appelle Rabindranat, en l'honneur de Tagore. On peut lui acheter soit du vin de Californie, soit bien sûr plus cher, une bouteille de vin italien aigre... ou du vin juif sucré...

— Peut-être pourrions-nous aller ailleurs ?

— Tout est fermé dans le coin. Ou on se fait chier à retourner dans Uptown ou on va à Greenwich Village et les prix, mais tu le comprends, sont plutôt gratinés. Nous pouvons acheter des bouteilles à Rabindranat et aller chez moi, à l'hôtel.

Nous choisîmes du « juif-sucré ». Willy appelait le vin israélien comme ça parce qu'il était plus « gras ». Cela veut dire qu'il était plus épais, qu'il soûlait plus, qu'il était plus alcoolisé.

— Twenty dollars, dit Rabindranat en nous apportant une bouteille poussiéreuse à l'étiquette déchirée. Dessus Salomé dansait en portant la tête de Jean sur un plateau.

— Eh bien quoi, tu es devenu fou Rabindranat ? Tu l'as vu ? Et il ne rit pas...

— Ten dollars, fit Rabindranat en regardant à côté de Willy, le mur, derrière lui.

Sur le mur, entre deux lattes de bambous, pendait une aquarelle représentant un radjah monté sur un éléphant, chassant un drôle de tigre ou de léopard qui ressemblait à un chat pelé.

— Donne-lui deux dollars, fit Willy, et qu'il aille se faire foutre.

— Je n'ai qu'un billet de cinq.

Kazakov me prit le billet de la main et le glissa à Rabindranat.

— Tiens, cinq balles, et amène encore une bouteille.

Rabindranat sourit largement, fourra l'argent dans la poche de son pantalon crasseux et disparut derrière un rideau. Il revint avec une bouteille de « juif-sucré » encore plus poussiéreuse. Il me la donna et s'inclina soudain devant Willy.

— Tu vois comment il faut être avec eux. Dur. Si tu les laisses faire, ils te chieront sur la tête. Il faut être dur. Eh bien, Rabindranat, tu as oublié ce qu'il faut faire, embrasse ma main !

A ma profonde stupéfaction, Rabindranat s'inclina et embrassa la main du poète William Kazakov.

— Ça alors... Qu'est-ce que ça veut dire ?

— Je ressemble à un de leurs dieux ! m'expliqua fièrement Willy.

— Auquel ?

— Il m'a dit, mais j'ai oublié. Je n'y entrave que dalle à leur mythologie, bien que j'aie étudié leur histoire à l'université... Alors, on reste ici ou on va chez moi ?

— Comment peux-tu ressembler à un dieu indien, ils sont tous gras et joufflus...

— Mais voilà, foutre Dieu ! Tu confonds les dieux hindous avec Bouddha qui vient du clan mongol de Chakia, comme c'est bien établi maintenant. Les dieux hindous sont des aryens, comme moi. Le groupe indo-européen...

— O.K., fis-je. Allons chez toi. Dieu se doit de marquer une distance avec ses adorateurs.

Après avoir arrangé son chapeau sur sa tête de divinité indienne, serrant les bouteilles dans ses deux mains, il se dirigea vers la porte. Je le suivis.

Le King David était vieux et surpeuplé. Il était à la mode, chez les provinciaux à petits revenus arrivant à New York, de se faire peur. En particulier chez les touristes retraités qui venaient par autocars spéciaux du Middle West des Etats-Unis. De jour, la 28ᵉ rue grouillait de têtes grisonnantes. A deux heures et demie du matin, elle était morte. Il n'y avait que le coffee-shop du hall de l'hôtel pour briller, allez savoir pourquoi, de tous ses feux. Le vieux portier à calot rouge regardait rêveusement tomber la pluie en bâillant.

— Ils veulent me déloger, me fit Kazakov dans l'ascenseur. Mais ils peuvent toujours aller se faire foutre pour y arriver !

« Foutre » était son expression favorite. Dans sa bouche, ce n'était pas un juron, mais chaque fois, une marque d'intensité, un indicateur de puissance. C'est à cela que sert le signe exclamatif dans la ponctuation. Parfois, il prononçait « Fou-ou-outre ! » et cela sonnait comme trois points d'exclamation.

— Tu es bruyant et tu t'engueules avec les voisins ?

— Tu plaisantes ? Je ne tape même plus à la machine maintenant. Je colle mes textes.

Nous sortîmes de l'ascenseur et nous dirigeâmes vers sa porte par un couloir du genre de ceux qui mènent des cellules des condamnés à mort à la chambre de la chaise électrique.

— Je me suis installé ici je ne sais foutre plus quand, et je leur paye ce que je leur payais je ne sais plus foutre quand, et légalement ils ne peuvent pas augmenter le loyer pour la chambre. Ha !

Il enfonça sa clé dans la serrure de la porte.

— Ils perdent de l'argent avec moi. Ils préféreraient louer la chambre à la journée à des retraités. Moi, je paye au mois, comme c'était convenu. Et là, ils m'annoncent qu'ils vont faire des travaux dans ma chambre. Foutre !

Il alluma la lumière et, sans ôter son chapeau, retira ses chaussures.

— Mais moi, je suis allé voir le juif Schapiro, l'avocat, et le juif m'a dit que j'avais parfaitement le droit de les envoyer se faire foutre avec leurs travaux. Voilà !!

Il se laissa tomber sur le lit et leva une jambe. Son pied était enveloppé de papier journal.

Je fermai derrière moi la lourde porte couverte de ferraille.

— Les pieds sont moins mouillés et ne gèlent pas...
expliqua-t-il et il entreprit d'arracher les bouts de
papier journal détrempés et déchirés de son pied.

Sous le journal, il portait des chaussettes de laine
grises. La moquette usée près du lit ressemblait maintenant à l'asphalte new-yorkais. Pour terminer, il retira
ses chaussettes et traversa la pièce nu-pieds. En imper
et chapeau.

— Mais où sont les bouteilles ?

Il avait lui-même posé le « juif-sucré » sur une petite
commode trapue du King David près de la porte. Je
lui montrai les bouteilles. Il fouilla dans la commode
et en sortit un tire-bouchon. Il l'enfonça dans le bou-
chon, posa la bouteille sur la moquette, la serra entre
ses pieds nus. Il tira. Il voulait certainement m'épater.
Lorsqu'il ne poursuivait pas le but d'épater la galerie,
il était le parfait vieux garçon pauvre mais fier William
chez qui chaque objet se trouvait à sa place. Le chaos
ne régnait autour de lui qu'aux moments d'inspiration
poétique.

Ses verres étaient grossiers, épais, incassables, en
verre soufflé avec des bulles couleur bouteille. Tous
les liquides versés là-dedans ressemblent à une cochonnerie d'un vert trouble. Mais si on laisse le verre tomber
par terre, il rebondit.

— Le tien.

Il me mit dans la main un récipient cloqué et porta
le sien à ses lèvres.

— Pff, quelle saloperie...

Il but et ôta son chapeau. Ses cheveux étaient pei-
gnés en arrière dans une belle vague grise. Ses sourcils

épais de descendant de cosaque du Kouban lui donnaient un regard de rapace. Son nez fort, légèrement
et classiquement busqué comme celui des sénateurs
romains, surplombait des lèvres puissantes.

— Tu as bonne mine, fis-je.

— Eh bien, je suis...

Il ôta enfin son imper et, sortant de derrière le
rideau qui cachait la porte d'entrée un cintre en fil de
fer, l'y suspendit. Il portait sous son imper un costume
gris à larges épaules.

— Maman m'a encore appelé... dit-il, et il s'assit
sur le lit après m'avoir indiqué une chaise.

Je décidai de faire comme si je n'avais pas entendu.

— Tu t'habilles comme un dandy maintenant,
Willy, dis-je en regardant son costume. Quel style !

— De la merde, je l'ai acheté quinze dollars dans
un *thrift-shop*... Maman se plaint, m'appelle, mais je
ne peux pas lui avouer que c'est encore trop tôt pour
moi... Pas maintenant... J'ai dû la convaincre... Ça a
fait un scandale... Pauvre maman...

Sa maman était morte. J'avais de mes yeux vu le
télégramme qu'on lui avait envoyé deux ans plus tôt
d'URSS au King David. Malgré le télégramme et un
raisonnement sain, il affirmait que sa mère l'appelait
de temps en temps. Il ne disait pas qu'elle l'appelait
de Moscou, ni que sa maman était vivante. Elle
« l'appelait ». Comprends comme tu veux. De même,
il ne disait jamais que sa mère l'appelait par téléphone.
Il en ressortait que sa maman communiquait avec lui

65

de l'autre monde... Sa mère se faisait du souci pour William, en particulier parce qu'à quarante-six ans, il n'était pas marié. Lors d'une conversation précédente, elle l'avait convaincu de devenir enfin raisonnable, de se ranger, de se trouver un « vrai métier » ; après quoi Willy (il aimait toujours sa maman et lui obéissait de son vivant) avait renoncé à l'allocation du Welfare et était devenu clerc au City Hall. Par cette habile manœuvre, il avait feinté sa maman, transformant sa « profession » d'allocataire du Welfare en celle de clerc. Et il avait conservé le droit d'écrire des vers, préservant sa « profession » par un silence rusé. Il conviendrait au fond de mettre « écrire des vers » entre guillemets, car William Kazakov n'avait jamais écrit de vers. Il les découpait dans des poèmes écrits par des poètes qui avaient vécu avant lui, il « cosignait » brillamment avec Pouchkine, Blok, Pasternak et Shakespeare ! Il coupait, décousait et ourlait, il travaillait comme mon ami noir boiteux Joe, surnommé « Bolls ». Joe retaillait des vêtements dans une *clining-shop* sur la 23e rue West, Kazakov recousait les classiques.

— Nous sommes tous des putes, dit-il. Toi et moi.

— Fort possible, acquiesçai-je. Mais pourquoi tu dis ça ?

— Parce que, parce que...

Il se leva brusquement du lit et versa d'une saccade du vin dans les verres. Quelques gouttes tombèrent sur ses pieds nus.

— Parce que je ne peux pas aller retrouver maman maintenant... Tant que je n'aurai pas terminé mon travail, je ne pourrai pas. Mais malgré tout, je suis obligé, je suis son fils...

— Mais tu n'es pas son unique enfant... Tu as une sœur... Pourquoi elle...

Je n'ajoutai pas « ne va pas dans l'autre monde voir ta maman ». Lorsque vous discutez avec des cinglés, il convient d'entrer dans leur système de logique et de refuser d'utiliser le vôtre. Alors tout va très bien.

— Maman n'aime pas Vera, objecta-t-il sur un ton sévère. Cette vache de Vera ne sait pas lui parler. Elle l'agace, elle la contredit... Tiens !

Il me tendit le verre que j'eus juste le temps d'attraper. Il était fâché après lui, après moi et après Vera, parce que nous ne savions pas parler à sa maman.

— A la fin, maman s'est mise à pleurer... termina-t-il, et il se tourna vers la fenêtre.

Dire qu'il était allé à la fenêtre serait inexact, car tout était près dans sa cellule. A la fenêtre, la pluie coulait non pas à flots, mais en ressac océanique, elle courait sur la vitre. Et à travers le ressac, au coin supérieur gauche, des feux de lumière se détrempaient encore et encore, à chaque fois de manière différente. Je savais que c'était l'Empire State Building, sur la 34ᵉ rue.

Il se tourna vers moi en fronçant le nez.

— Je n'achète de l'alcool que chez Rabindranat. Ils ont voulu m'empoisonner ici. J'en ai presque crevé. Je vomissais du sang...

— Mais si sérieusement on veut t'empoisonner, on peut refiler une bouteille à Rabindranat, fis-je remarquer. Qu'est-ce que ça leur coûte... Ils entrent, l'un d'entre eux éloigne Rabindranat, tandis qu'un autre glisse sa bouteille parmi les siennes...

— Impossible. On ne le baise pas comme ça, Rabindranat, c'est un fin renard. C'est lui qui te baisera, mais...

La porte claqua sourdement dans la chambre voisine et on mit de la musique.

— Maggy est rentrée ! (Un tic traversa son visage.) Une prostituée noire. La voisine, expliqua-t-il. C'est elle, cette charogne, elle s'est mise d'accord avec l'Irlandais pour qu'il mette du poison dans la bouteille...

Me souvenant à nouveau que les toqués ont leur logique implacable, je ne pus m'empêcher de poser la question :

— Pour quels motifs, Willy ?

— Comment, quels motifs ? s'insurgea-t-il. Hé, même un imbécile le comprendrait. Elle veut louer ma chambre. J'ai la meilleure chambre de l'étage. Celle en angle. Elle est plus grande de quelques mètres, et j'ai trois fenêtres, pas une, comme dans la sienne. Tu penses, pourquoi ils veulent me faire déguerpir ? Parce que Maggy, avec son con noir, a la haute main sur tous ceux de l'hôtel, du manager aux balayeurs.

— Et qui est l'Irlandais ?

— Le vendeur du *liquor-store* d'en face. J'allais m'approvisionner chez lui avant d'aller chez Rabindranat. Avant que Maggy ne se mette à la colle avec lui.

Assis sur la chaise, je ne regardais que ses pieds, sans monter mon regard au-dessus de ses genoux. Il les agitait sans arrêt, les tapait, bougeait les orteils, posait le pouce sur les deux orteils suivants. Son pantalon gris se balançait sur ses chevilles laiteuses de cosaque du Kouban, couvertes de poils blonds. Ses paroles m'arrivaient, indistinctes, par bribes, comme un bavardage tombe par les fenêtres ouvertes d'un dernier étage dans la rue...

En quoi sa vision du monde est-elle folle ? J'eus enfin l'audace de me poser cette question. La vie de William Kazakov est traversée par des champs de forces émanant de deux femmes — de sa maman et de Maggy. Sa maman a visiblement eu une forte influence sur son fils de son vivant, et si elle a physiquement cessé d'exister, elle continue à intervenir dans la vie de William et à l'influencer. Maggy se prostitue tranquillement, sans se soucier de l'occupant de la chambre voisine, et ne se souvient de l'homme à cheveux gris qu'en le rencontrant dans le hall ou dans l'ascenseur. Et elle ne songe en aucun cas à mettre la main sur sa chambre. William Kazakov a ramené cette chimère ancienne mode d'Union soviétique, de ce pays sous-développé où un logement valait, dans sa jeunesse, plus que des pierres précieuses. C'est là-bas que les voisins mûrissaient pendant des dizaines d'années des plans astucieux pour perdre leurs voisins et mettre la main sur leur appartement. On intriguait, on intimidait, on aspirait l'essence des réchauds, on crachait dans les borchtchs. Le combat se menait par tous les moyens, cela allait de la consultation d'une guérisseuse au passage à tabac et au meurtre, en passant par le perçage illégal de portes dans les murs. Maggy peut-être ne pense à rien, elle ne sait tout simplement pas penser. Rien d'étonnant, la majeure partie de la population du globe ne sait pas penser. Peut-être Maggy est-elle une *drug-addict* et son bonheur consiste-t-il en une dose quotidienne d'héroïne. Ou bien alcoolique, et elle picole du porto à longueur de journée... Elle doit se ficher d'où elle dormira le matin. Si elle découvre un jour qu'elle peut se payer un meilleur hôtel, elle déménagera dans le meilleur. Mais, plus vraisemblablement, dans un pire. D'ordinaire, les prostituées noires descendent dans l'échelle sociale, elles ne montent pas...

Mais c'est moi qui raisonne ainsi. Car pour William Kazakov, Maggy est Circé transformant les hommes de l'hôtel et le patron du *liquor-store* en pourceaux. Le dieu indien William Kazakov vit dans un monde intense pénétré de lignes et de champs de forces qui se croisent et se repoussent. Un pavé influe sur le pied de mister Kazakov, un arbre poussiéreux de Central Park distille de faibles bio-ondes vert pâle et peut influer en mal sur la tête de mister Kazakov, si celui-ci fait une halte sous son feuillage. Je me souviens d'un pique-nique à Central Park. Lui, moi et quelques émigrés. Après un quart d'heure (il levait sans arrêt la tête d'un air soupçonneux), William nous avait proposé de changer de place. « C'est un mauvais arbre », avait-il dit, et il avait indiqué d'un air sombre le plus ordinaire vieil arbre qui soit au-dessus de nos têtes. Le dieu indien vit dans un monde où chaque son, chaque tache de couleur a un sens. Chaque choc, frottement, effleurement d'un objet ne se fait pas par hasard, mais avec des buts mystérieux. Et ces buts sont connus de William Kazakov. Maggy, son cul noir et mou écarté, revient chez elle à l'aube, fatiguée et soûle, égratignant de ses talons la moquette du couloir. Mais mister Kazakov ne dort pas, allongé entre deux draps tel un steak filandreux et nerveux, il voit Maggy-Circé à travers le mur. Chaque talon de Maggy arrache non pas quelques infimes poils de moquette synthétique, mais peigne les puces du poil métaphysique du monde. Et personne ne convaincra jamais mister Kazakov qu'il n'en est pas ainsi.

Sans doute à l'hôtel prend-on William Kazakov pour un cinglé, si l'on se fie à sa conduite hautaine de superman. Maggy aussi le prend pour un cinglé. Et moi aussi... Moi, je me considère comme normal même si j'ai essuyé un échec dans ma vie. « Ma maman ? » Ma mère est moins importante pour moi. Elle vit en URSS où je ne pourrai jamais aller. Cela fait trois ans que je n'ai pas vu ma maman. Bientôt, comme sur le compteur d'un taxi, le chiffre des années changera : « 4 », « 5 », « 6 »... De fait, ma mère est morte pour moi, et les quelques lettres reçues dans l'année ne constituent pas la preuve absolue de son existence. Si quelqu'un pense me jouer un tour en m'envoyant des lettres après la mort de ma mère (une douleur au cœur, supposons !), cela serait relativement facile à faire. Je crois en l'existence de ma maman sans la voir, Willy croit en l'existence de la sienne. Il s'est à peine écarté de la logique normale.

Avant de remarquer la silhouette de Kazakov sur le fond jaune du trou parallélépipédique menant au peep-show, que faisais-je ? Je marchais en insultant à voix basse mon ex-femme. Je l'accusais du fait de

71

vivre seul, sans femme, que l'interview n'avait pas été publiée dans le *Village Voice,* je l'accusais même illogiquement d'être responsable du déluge qui nous tombait du ciel ! Du fait que le ciel de New York était noir depuis une semaine !... William croit que Maggy a voulu le tuer en versant du poison dans l'alcool, s'accouplant pour cela avec l'Irlandais. Et moi, je crois que ma femme a empoisonné ma vie, a rendu ma vie impossible, mortellement dangereuse en s'accouplant avec un Français. C'est vrai, je l'accuse plus que le Français. Comme Willy accuse plus Maggy que l'Irlandais. Je pense que ma femme m'a quitté pour dégoter un mari riche. Et William que Maggy a essayé de l'empoisonner pour obtenir sa chambre. Ses arguments sont tout aussi pesés que les miens. Ou tout aussi fous...

En fait, le monde clapote, indifférent, tout autour. Les illusions de Willy, les miennes, nous les avons nous-mêmes créées. Nous sommes les créateurs de nos mondes. Nous sommes tout aussi fous l'un que l'autre ou tout aussi normaux...

— Tu as compris ?

Il terminait une phrase que je n'avais pas entendue. Comme les dizaines de phrases qu'il avait prononcées jusque-là.

— J'ai compris.

— Et tu parles.

Willy déboutonna sa veste et desserra sa cravate. Il ratissait méthodiquement de ses orteils nus la vieille moquette de la chambre, les glissait du côté des pieds de la chaise puis les en écartait. Il avalait une gorgée de « juif-sucré » puis rinçait, tel un dégustateur, sa bouche de vin. Son visage exprimait le contentement. Les couloirs poussiéreux de l'hôtel (le bout de la robe de Circé-l'empoisonneuse traînait au coin), l'Irlandais (nécessairement roux) trônant derrière la caisse de sa *liquor-shop,* Rabindranat aux dents pourries lui embrassant la main, ce monde à la Hitchcock qui l'entourait plaisait à mister Kazakov. Il lui était bon de vivre dans un monde aussi fascinant. J'étais prêt à le parier sur la bouteille de « juif-sucré ».

Nous terminâmes le vin et je me levai. Il était de mœurs austères. Il ne laissait jamais dormir des camarades chez lui. Il avait amassé suffisamment d'oreillers, de matelos et d'édredons mous pendant ces années de vie sans issue dans ce nid de punaises. Mais sa maman lui avait une fois pour toutes dit de ne pas laisser de camarades passer la nuit chez lui. « Ce sont les Tsiganes qui font des campements, Willy », lui avait peut-être dit sa maman.

— Je me casse, fis-je.
— Je sors avec toi. Je sors lâcher les gaz.

« Lâcher les gaz » appartenait peut-être au lexique de son père, dont William Kazakov ne parlait jamais. Avait-il seulement eu un père ? Sa mère n'avait-elle pas conçu avec le Saint-Esprit ?

Il ne s'enveloppa pas les pieds de journaux. Il changea de chapeau. Nous sortîmes. Il pleuvait toujours à verse.

Nous nous disions au revoir à l'angle de la 34e rue et

de la 5ᵉ Avenue, lorsqu'une vague bruyante de jeunes sortant d'un disco nous arrosa. Après avoir fait un plongeon sous mon parapluie, une gamine, une punkette à cheveux rouges, chaînes autour du cou et lames de rasoir aux oreilles, heurta la large poitrine du cosaque du Kouban. Elle leva les yeux sur le visage austère. « What a man ! » glapit-elle dans une joie tout hystérique.

Willy repoussa la gamine d'un air dégoûté. Maman n'appréciait pas ce genre de filles.

La mort de Teenage Idol

Dans le hall de l'hôtel Méridien je vis d'abord Brigit. Sa crinière rousse éclatante se répandait au-dessus des têtes.

— Eddy !

L'Irlandaise me fit des signes de la main.

Nous serrâmes les rangs après avoir surmonté les obstacles. L'un d'entre eux jura pour son pied écrasé. Sans y prêter attention, nous nous étreignîmes en poussant des cris de joie. En embrassant la représentante du courant punk new-yorkais, j'eus l'impression de revoir ma sœur, restée longtemps à l'autre bout de la terre. Nous avions toujours ressenti l'un pour l'autre une profonde sympathie, et seule l'existence de Douglas et Jenny avait imposé des limites à nos relations. Nous eûmes soudain honte des sentiments que nous venions de nous manifester.

— Doug est à la cafétéria, fit-elle et elle indiqua du doigt les profondeurs du ventre de l'hôtel.

Un self s'y était installé. Nous y entrâmes.

— How are you doing, man ! croassa Douglas, en me donnant d'une main une tape dans le dos et en laissant l'autre sur un plateau garni de pâtisseries grasses — un double baba copieusement arrosé d'un sirop de rhum.

— Good looking, Eddy, comme d'habitude... Et un nouveau charme européen...

Douglas portait une casquette de base-ball et son torse était moulé dans un tee-shirt noir avec en lettres blanches « Killers World Tour ».

— Il faut arroser ça, dit Brigit. Prends du vin, Doug !

— Du vin, d'accord Eddy ?

J'opinai.

— C'est vrai, tu es Français maintenant. (Douglas s'esclaffa.) Et moi, Américain, je bois de la bière.

Il se pencha vers les bouteilles et en prit une.

— Une ou deux, Eddy ?

— Du vin, d'accord, Eddy ?

Douglas choisit une Heineken. A la caisse, je tirai cinq cents francs de ma poche. Malgré ma veste mode et mes bottes blanches, c'était mon dernier billet.

— Hé, garde ton money, man ! Tout est payé, comme au paradis, s'écria Douglas. Et il signa le bout de carton que lui tendait la caissière au sourire obséquieux.

Lorsqu'il arriva avec le plateau, Brigit et moi étions déjà assis à une petite table ; je remarquai que des bourrelets blancs que ne cachait pas son tee-shirt Killers World Tour roulaient par-dessus la ceinture de son pantalon. Je me détournai, je ne voulais pas que Brigit remarquât mon regard. Douglas avait mon âge, mais je connaissais son menu : marijuana, bière et gâteaux.

— Alors le Japon, Berlin, raconte !

— Le succès, man. Le succès complet. Grandiose. Les journaux japs ont dit que nous étions le meilleur groupe venu au Japon au cours de ces dix dernières années. Qu'on pouvait comparer notre tournée à celles des Beatles et de David Bowie.

— Formidable ! Félicitations.

Douglas avait commencé à travailler avec les Killers après ma fuite pour Paris. Avant, il avait travaillé avec un peu tout le monde. Au moment de mon départ, il grattait les cordes d'une guitare pour Lou Reed. Et enfin, ça avait été le succès. Mérité. Douglas touchait les cordes depuis douze ans.

— Et toi, Eddy ? Tout est O.K. ? Nous avons vu le livre que tu as envoyé à Jenny. Avec ta photo. Looks good...

— J'en ai écrit et vendu un autre. Il sort au printemps prochain.

— Bravo. Tu tiens le bon bout... Buvons à nos succès, man... A la tienne !

Douglas leva sa bouteille de Heineken, Brigit et moi nos verres de vin. Nous le pouvions. Le succès était là. Le sien en tout cas. En passant près de notre table, les gens se mettaient à chuchoter. Nous bûmes.

— Et comment as-tu atterri chez les Killers ?

Ce fut Brigit qui répondit.

— Tu ne savais pas que Douglas avait grandi avec

77

eux dans une cour de Brooklyn ? Joss, Jeff et Bee-Bee, ils sont tous du même building. Ils ont commencé à jouer ensemble à l'école. Ils s'enfermaient dans la cave et jouaient. Les Killers sont des mômes de Brooklyn.

— Oui, confirma Douglas, en s'arrachant à son baba au rhum qu'il mangeait avec délectation sans avoir ôté sa casquette. Lorsque Micky s'est engueulé avec eux, les gars m'ont proposé de jouer avec eux. (Il acheva son baba et lécha sa cuiller.) Je m'en prends un autre. Quelqu'un en veut ?

Brigit et moi refusâmes. Douglas se dirigea vers le comptoir en écartant les gens. La veille au soir, les Killers avaient donné leur unique concert à Paris, les journaux avaient visiblement déjà publié les photos. Brigit m'avait appelé la veille mais ne m'avait pas trouvé. Le concert du groupe punk consacré de New York avait mis en émoi tous les cercles punks de Paris. Une bande de filles en noir avait coincé Douglas contre le comptoir. Notre ami avait cédé et s'était mis à signer des pochettes de disques aux « veuves ».

— Tu as remarqué que Doug a grossi ? (Brigit nous versa du vin en riant.) Ses bourrelets débordent du pantalon. Il fume de l'herbe et bouffe des sucreries. C'est vrai qu'avec les Killers, il bosse plus qu'il ne l'a jamais fait dans sa vie. Ils ont une discipline de fer, Edward. Un jour, il y a un paquet d'années, à Brooklyn, ils se sont assis, ont réfléchi et ont décidé de devenir des rock stars... Et voilà qu'après des années de travail, les efforts paient... Le public pense qu'un groupe pop devient célèbre en une nuit.

— Et pourquoi n'enlève-t-il pas sa casquette ? demandai-je.

— Il devient chauve, fit Brigit, d'une voix sèche et catégorique. Ce n'est pas grave, pas un *big deal* dans un autre métier. Même pour des musiciens normaux. Mais les Killers, ce sont les idoles des teenagers. Et ils incarnent la teenage virilité. Les cheveux sont un de leurs symboles. Un Killer chauve, c'est une mauvaise plaisanterie. Chaque mois, un coiffeur vient faire une indéfrisable à Doug. Il lui ramène les cheveux de la nuque sur le haut du crâne et fait tenir le tout avec des produits chimiques. Pour Douglas encore ça va, s'il n'a pas de solo à faire, il est au fond sur scène, dans un show normal, on ne le voit pas beaucoup. Bee-Bee, le chanteur, aura bientôt ce problème...

Je me souvins d'un Bee-Bee chevelu, hirsute, serrant le pied du micro entre ses jambes.

— Quoi, lui aussi il devient chauve ?

— Oui (Brigit sourit malicieusement). Seulement tu ne parles de ça à personne, O.K. ? Je te dis ça entre nous. Les Killers sont chauves...

Elle pouffa de rire. On aurait pu penser qu'elle se moquait, son petit copain et son groupe en train de devenir chauves !... Je connaissais bien Brigit. Pendant plus de trois ans, nous nous étions vus quotidiennement. Je connaissais sa famille irlandaise, ses trois sœurs rousses, ses deux frères roux. Son père roux et sa mère blonde à la voix rauque... Je savais que Brigit, comme tous les O'Rourke, avait un sens critique très développé. Qu'elle ne pardonnait à personne ses faiblesses, ni à ses parents ni à ses petits copains. Pour-

79

quoi restait-elle avec Douglas ? Elle avait souvent changé d'homme et s'était convaincue qu'ils étaient tous faibles et ridicules ; elle n'avait pas trouvé son idéal, et avait préféré un mâle dont elle avait appris à connaître les faiblesses. Douglas sortait déjà avec elle alors qu'elle était encore à la high school.

La maigre et rousse Brigit à la peau laiteuse m'avait toujours plu, mais il y avait tout le temps eu Jenny entre nous, et plus tard, alors que j'étais à Paris, elle s'était purement et simplement installée avec Douglas. Je lui plaisais aussi, j'en étais sûr. Moqueuse, elle ne m'avait jamais tourné en ridicule. Mon indépendance lui plaisait, je pense, ainsi que mon obstination à devenir un grand écrivain, moi, un homme qui venait d'un point obscur et lointain du globe.

Douglas revint avec Joss et Jeff qui bâillaient encore. Ils étaient mafflus et bouclés contrairement aux craintes exprimées par Brigit. Ils traînèrent grossièrement des chaises pour venir s'asseoir à notre table. Je fus présenté.

— Comment peux-tu vivre au milieu des frogs, man ? fit Jeff. Ils ne parlent même pas anglais. Même ici, au Méridien, dans un « quatre étoiles » international, hein ?

Je voulus lui dire que leur culot à eux, Américains, était infini, qu'il allait jusqu'à ignorer l'existence d'autres langues. Mais je décidai de ne pas chercher noise à la pop star.

— Dans mon boulot, on parle anglais, fis-je remarquer.

— Ils ont tous des gueules arrogantes, poursuivit

Jeff, après avoir pris dans l'assiette de Douglas le dernier morceau de baba au rhum. Ils te regardent comme s'ils te méprisaient de n'être pas un frog. Thanks God, ce soir nous serons en England. Cinq concerts là-bas et puis à la maison ! Ouf, comme j'aimerais être à Brooklyn !

Cela pouvait tout aussi bien être l'authentique credo d'un patriote de Brooklyn que de la frime. Ces types étaient nés et avaient grandi dans un pays où le goût de la pub vient à l'homme dans le lait de sa mère. Etre un patriote américain était à la mode. Je savais mieux que Jeff, j'ai beaucoup lu, que la nostalgie du traffic-jam, de Mac Donald's, du Natan's et du provincial Brooklyn natal avait pris sa source dans l'esthétique-plastique d'Andy Warhol. Les stars du punk-rock se devaient de dire ce que disait Jeff. Avant lui déjà, Richard Hell l'avait dit dans la revue *Interview*. Je ne suis pas un bleu, Jeff. J'avais traîné pendant plus de six ans à New York. Ne sachant que faire, en parasite du Welfare, j'avais passé 1976-77-78 dans Lower East Side où naissait alors le mouvement punk new-yorkais. Silencieux, inconnu, j'avais participé à tout, j'étais l'un de leurs cent premiers spectateurs. J'avais écouté et vu Blondy, Richard Hell et les Plastmatics, Patty Smith et Elvis Costello de passage alors qu'ils n'étaient encore rien. Sur la scène minuscule d'un antre noir, le CBGB's. Qu'est-ce qu'il me servait sa bullshit...

— Sérieusement ? demandai-je d'un air innocent. Moi je me sens ici comme un poisson dans l'eau. Leur rock est mauvais, ils sont lents, ils ont toujours l'air endormi, ça oui. Moi, ça m'énerve quand un gars au supermarché range tranquillement ses produits dans son sac, fouille sans se presser dans ses poches pour trouver money, paye sans se presser alors qu'on fait la queue. A part ça... Ils sont O.K., les French...

— Il est temps que tu reviennes à New York, Eddy, fit Douglas, et il éclata de rire. A la maison.

Le « A la maison » me flattait. Douglas avait, semblait-il, oublié que je n'étais pas Américain. Nous avions un passé commun et personne ne voulait se poser la question de savoir quelle en était l'épaisseur.

— Je ne peux pas encore, dis-je pour me justifier. Je n'ai pas d'éditeur américain. Quand j'en trouve un, je débarque.

— Dans l'immeuble de ma mère, un appartement se libère, sur son palier, fit Joss, le batteur, qui était resté silencieux jusque-là. Seul son nez aquilin permettait de le distinguer de Jeff. La raison de leur ressemblance pathologique, c'est leur système pileux, de la frange aux sourcils, pensai-je.

— Combien de pièces ? demanda Douglas.

— Deux chambres.

— On le prend ? fit Douglas à Brigit.

— Pour rien au monde je n'irai à Brooklyn. Vas-y si tu veux. Je reste à Wall Street.

Brigit finit son vin.

— Qu'est-ce qui te dérange à Brooklyn ? s'offensa Jeff. Tu loues une chambre dans cette fucking Wall Street. Pour le même prix, tu pourrais vivre largement dans deux bedrooms à Brooklyn. A deux stations de métro plus loin, de l'autre côté du pont. Tu es snob, baby...

— Je déteste votre fucking Brooklyn, où tout le monde connaît tout le monde et où je connais tout le monde. Je ne veux pas rencontrer tous les jours mes ex boy-friends ou les filles avec qui j'étais à la high school, toujours les mêmes gueules... It's annoying !

— Exact (je soutins Brigit). Moi, par exemple, je suis ravi de ne pas rencontrer mes amis d'école, de ne pas me cogner à tous les coins de rues aux grosses vaches pleines d'enfants qui ont été mes petites copines. Comme ça, j'oublie mon âge. Les points de repère disparaissent...

— Et tu as quel âge, man ? demanda Jeff.

Brigit savait, je ne pouvais donc pas mentir.

— Secret militaire...

Brigit me vint en aide.

— Jenny a eu vingt-cinq ans. Et elle est enceinte pour la seconde fois, tu te rends compte Eddy ! Elle pond des enfants comme un incubateur. Quel plaisir... Elle qui était si rebellious.

— Il faut bouffer.

Joss et Jeff se levèrent.

— No hamburgers brothers ! Et les entrecôtes ressemblent à du chewing-gum, prévint Douglas. Prenez des french fries avec du poisson.

Les chevelus s'éloignèrent.

— Hier, avant le concert, ils ont pris des french fries avec du ketchup et bu du champagne avec. Les frogs étaient horrifiés !

Brigit éclata de rire. Douglas réfléchit et se mit à rire avec elle.

— Tu veux fumer, Eddy ? De la sensimilly, man ? Tu en manques, non ? On dit que le hasch est bon ici, mais que l'herbe c'est de la merde.

— Je veux bien, fis-je. Qui refuserait de la sensimilly ?

Nous montâmes dans leur chambre. Leurs affaires étaient éparpillées, comme chez des juifs après un pogrom. Brigit tira de sous un tas d'affaires traînant par terre, un blouson de cuir rouge.

— Douglas l'a acheté à Berlin. Il est chouette, non ?

Brigit le mit et passa devant moi. Les manches lui étaient courtes et les épaules larges. Je me demandai en regardant la rousse pourquoi à une époque je n'avais pas troqué Jenny contre elle. Elle avait l'air très bizarre, la fille de ce Brooklyn qu'elle méprisait. Très décadente. Etroite, mince, rousse, maladivement pâle.

— Doug, donne ce blouson à ta girl-friend, il lui va très bien. Surtout avec ses cheveux. Quelle fille brûlante !

— Tiens, Eddy. (Il me tendit une pipe avec de l'herbe.) A New York, ce blouson vaudrait mille balles, et encore, à supposer que tu en trouves un. Eddy, devine combien je l'ai payé à Berlin... ?

Peut-être une éternité, peut-être une demi-heure plus tard — je visionnai mentalement, grâce à la marijuana superforte, sans graines, toute une série de longs métrages — Douglas et Brigit achevèrent de faire leurs bagages et nous descendîmes. Je ne me souviens pas du trajet de la chambre au couloir, puis du couloir à l'ascenseur et enfin de la montée dans le travelling-bus du groupe rock les Killers. C'était toujours le même monde cubiste fait d'éclats d'yeux de Brigit, de lambeaux de blouson de cuir rouge, de cheveux roux, des flancs blancs et gras de Douglas, dénudés dans l'effort : il portait le plus gros des sacs sur une épaule... Dans le bus, je voyais, comme dans un fish-eye, se déformer le chevelu Bee-Bee, sa petite amie Marsia, le manager Laslo Lazic avec des tas de lunettes sur son gros nez... Ils étaient tous joufflus et j'allais leur demander s'ils ne souffraient pas d'une rare maladie japonaise, lorsque Brigit, qui depuis un moment n'avait reçu aucun signal sonore de ma part, se rendit compte que j'avais trop fumé.

— Eddy, tu es high !

— Oui, avouai-je. Et pas qu'un peu.

— Moi aussi, fit Douglas avec bienveillance. Peut-être que tu l'es plus parce que tu as perdu l'habitude de fumer. Il te plaît notre bus rock ?

— Oui. Beaucoup. Seulement comment vais-je faire pour aller avenue de la Grande-Armée ?

— Nous te déposons, nous n'allons pas te laisser tomber, Eddy. (Brigit pressa mon bras à hauteur du coude et éclata de rire.) N'aie pas peur.

Nous étions dans une rue, qui n'était pas l'avenue de la Grande-Armée. C'était une rue étroite. Nous nous fîmes tous les trois une déclaration d'amour.

— Tu dois rentrer dans ton pays, Eddy, en Amérique, fit Douglas d'un air convaincu. Tu as vécu chez les frogs, ça suffit. Reviens maintenant ! Nous te trouverons une excellente girl... Plus de problèmes avec les girls... Les Killers ont de ces groupies, Eddy, oh... !

— Doug a raison ! dit Brigit. (Et elle me serra comme si elle était ma sœur.) Tu es Américain, Eddy. New Yorker ! Tu appartiens à New York, pas à cette ville morne... (Elle jeta un regard méprisant sur la rue.) C'est une ville morne, Eddy... Old-fashioned life... Il faut vivre ici quand on est à la retraite !

— Je viendrai, fis-je ému. A l'automne. Juré !

— Doug ! Qu'est-ce que vous foutez ? !

Laslo Lazic, ruisselant de sueur, moins joufflu, mais toujours avec plein de lunettes sur le nez, était apparu derrière Brigit.

— Tout le monde vous attend déjà dans le bus ! Qu'est-ce que vous fabriquez ici depuis tout ce temps ! Venez ! Le chauffeur s'énerve...

— Qu'il s'énerve... On lui file du fric pour ça. Ça fait une éternité que je n'ai pas vu mon ami. J'ai le droit...

— Doug, please...

Lazic se recroquevilla et serra ses mains contre sa large poitrine. Il portait un pantalon noir d'une taille gigantesque, visiblement « made in Brooklyn », qui ne cachait pas complètement son ventre proéminent, et un tee-shirt rose, couvert de taches de sueur.

— Fous-moi la paix, man ! O.K. ? O.K. ? s'écria soudain Douglas.

Lazic s'éloigna de nous en courant et en saisissant sa tête entre ses mains.

— Sucker, fit Brigit avec haine. Grosse pute !

— Tu sais, Eddy, fit Douglas en me prenant par le bras, il pense que nous lui appartenons. Il considère que les musiciens sont de grands enfants indisciplinés, que nous sommes des débiles dignes de l'hôpital psychiatrique... Mais c'est nous qui lui faisons gagner de l'argent, pas le contraire. Nous !

— Si tu ne viens pas immédiatement... !

Lazic sauta de derrière Brigit, tel un épouvantail en colère.

— Tu fais quoi ? Hein ? cria Douglas. I am in the band... Tu joueras de la guitare à ma place, schmak ?

Les passants commençaient à s'arrêter. Comme je ne souhaitais pas devenir la source d'un conflit, j'embrassai rapidement Douglas, puis Brigit et traversai la rue en courant.

— A bientôt, Eddy ! A bientôt à la maison ! Aux States !

Je fis une dizaine de pas puis me retournai. Ils s'éloignaient tous les trois en gesticulant dans la direction opposée.

Poussé par une nostalgie grandissante (comme peut-être un cafard qu'on a déménagé en même temps qu'un buffet à l'autre bout de la ville se décide, un jour, avec un pincement au cœur, à rentrer chez lui, dans ses fentes brûlées, inconfortables, certes, mais familières), j'atterris à New York en décembre. Une neige sèche et poussiéreuse voletait dans la ville.

— Eddy ! s'écria joyeusement Brigit au téléphone.

87

Saute dans un taxi et arrive. Tu as l'adresse ? Douglas n'est pas là, mais il ne va pas tarder.

Je descendis du taxi à Wall Street. Naturellement, des banques vierges et éternelles, des sièges de grandes compagnies m'entouraient. Et pourtant, un couple de punks avait pu se trouver de la place ici...

Ils vivaient dans un gratte-ciel ! Dans le vieux hall, sur la liste des locataires, à côté des solides « Radner, Flint and Galperine Corporation » — 32ᵉ étage, « Law Offices, Stiglitz and Jourkowicz », etc., en lettres d'or, on pouvait lire, tel un spasme rouge pulvérisé dans la liste, « Killers ! ». Le vieil ascenseur me monta à une vitesse inégale au 37ᵉ étage. En sortant, je suivis docilement le conseil tatoué sur le mur « Follow the blood drops ! » et me retrouvai rapidement dans les bras de Brigit. « Eddy ! »

Un nouvel entresol occupait le quart de la haute pièce. Un escalier tout neuf, lui aussi, y menait. Les murs, eux, n'étaient pas vraiment frais. Contre l'un d'eux, il y avait une baignoire sabot ancienne mode, à pieds. Un poste TV hypermoderne vidéo-combiné, un édifice gris à colonnes, tournait le dos aux fenêtres. Un paquet de billets de cinquante dollars y était posé. L'appartement était bourré de monstres mécaniques et d'objets kitch. Des ballons en forme de sexes d'homme et de femme flottaient sous le plafond.

Après qu'elle m'eut donné les nouvelles susceptibles de m'intéresser sur l'état de grossesse avancée de Jenny (« son ventre ressemble à une poire, Eddy ! ») et qu'à sa question « comment vas-tu ? » j'eus répondu « très bien », je la questionnai à mon tour.

— Comment va Douglas ?

— Good, répondit-elle d'un air distrait. En fait, pas si good que ça en ce moment.

— Quelque chose avec le groupe ?

Je savais que les groupes rock se désagrègent aussi vite qu'ils se forment.

— Les Killers, ça va, dit Brigit. Son problème, c'est son fucking de double.

— De double ?

— Oui. Son sosie. Il lui ressemble. Incroyablement. Seulement, il est plus jeune...

— Explique.

— Un sosie de Douglas a fait son apparition dans les lieux rock du Big Apple. Il est habillé comme Doug, jeans noirs, blouson de cuir, même coiffure... C'est vrai qu'il ne cache pas encore ses cheveux. Ce schmak se fait passer pour le Doug of Killers, il signe même des autographes.

Elle s'approcha de la télé et tira de dessous les billets une photo qu'elle me tendit.

— Voilà, regarde. C'est lui au Mudd Club !

La photo polaroïd de mauvaise qualité était posée dans ma paume. Douglas, en blouson rouge, une Heineken à la main, riait. Il avait l'air plus frais que d'ordinaire.

— Mais c'est Douglas ! Son blouson rouge, vous me l'aviez montré à Paris...

— Ce sucker s'est trouvé le même. Ce soir-là, Eddy, nous étions chez ma sœur Kathleen... Si je rencontre un jour ce mother fucker, je...

L'Irlandaise s'étouffa de rage et regarda autour d'elle

89

comme si elle cherchait un objet avec lequel elle pourrait cogner sur l'imposteur.

— Je le tue de mes propres mains ! conclut-elle. Il est en train de rendre mon mec cinglé !

J'examinai la photo. J'avais maintenant le sentiment que ce n'était pas Douglas.

Douglas arriva en compagnie de Joss et Jeff. Ils ne portaient ni tee-shirt ni cuir, ils étaient habillés normalement, de vêtements chauds et grossiers. Doug avait la même casquette que la dernière fois. Je les trouvais empédzouillés et grossis. On devinait les ventres sous les chemises amples. Bee-Bee, la tête de l'entreprise des Killers, était de nouveau absent. J'avais compris qu'il préférait se distraire dans son coin, qu'il fréquentait d'autres têtes de groupes de rock'n roll. Malgré leur enfance commune à Brooklyn et les souvenirs émouvants de leurs répétitions dans la cave, ils observaient une stricte hiérarchie. Joss, Jeff et mon ami Douglas étaient des soldats du rock, Bee-Bee le commanding officer.

Ils me donnèrent des claques dans le dos, sur le cou et les épaules comme le font les paysans ou les footballeurs.

— Welcome home, Eddy, fit Doug.

— Ça va ? demanda Joss en français, avec un large sourire.

— Regarde ce type, Eddy ! (Douglas frappa vigoureusement, en mâle, son ami à l'épaule.) Il se souvient du salut des mangeurs de grenouilles. Quel talent !

Brigit sortit des sacs de supermarché en papier marron que les Killers avaient apportés, de la bière, plein de packs de six bouteilles. Elle en mit au réfrigérateur, en laissa un sur les marches de l'escalier puis vint nous rejoindre.

— Vous voulez un joint, boys ?

Elle s'assit sur le rebord de la baignoire, étendit loin devant elle ses longues jambes moulées dans un pantalon noir, et regarda, avec un petit sourire, notre mâle agitation. En surprenant son regard ironique, je pensai que la femme, au fond, est potentiellement prête à trahir ; elle voit toujours l'homme tel qu'il est, même ses aspects peu attrayants, mais ignore ces visions peu flatteuses si elle l'aime.

Nous fumâmes plusieurs joints et nous assîmes avec des canettes de bière entre les mains.

— Qu'est-ce que c'est que cette bullshit d'histoire de sosie, Doug ? demandai-je. Brigit m'a raconté un bout de l'histoire.

Il s'assombrit.

— C'est très simple, Eddy. Un schmak a débarqué qui s'est fait passer pour le Doug des Killers. On le prend pour moi, on le laisse entrer dans des clubs. Au Madd, au Hurrah, au Max Kansas City et au CBGB's... Il a fait des scandales. Il s'est battu avec le groupe de Helen Wheels... Il nous a brouillés avec les Dead Boys. Je suis allé les voir avec Bee-Bee pour m'expliquer, mais les Dead Boys ne m'ont pas cru. Moi aussi je ne l'aurais pas cru si j'avais été à leur place, un sosie, c'est ridicule ! (Douglas se leva et traversa la pièce à toute allure.) Je te jure, Eddy, que je tue ce type s'il me tombe sous la main ! Encore un peu et il rentrerait dans mon lit, il baiserait ma girl-friend !

Brigit éclata de rire.

— Non, Doug, impossible, je saurais que ce n'est pas toi, je connais ton corps.

— Shut up ! fit Douglas grossièrement. Si tu n'avais pas été là, je l'aurais coincé la semaine dernière au Madd Club !

— Look, dit-elle. Fais gaffe à toi ! Ton sosie, c'est ton problème, mais tu deviens de plus en plus cinglé, chaque jour, de plus en plus !

— Tu es sûr, Doug, que tu n'as pas de frère ou de demi-frère ?

Joss se leva et prit une canette de bière dans le frigo.

— Oui. Absolument. Ma mère m'a juré que non.

— Et c'est pas possible de le suivre, de lui casser la gueule et lui interdire de se faire passer pour toi ? demandai-je timidement. On pourrait prévenir disons les managers des clubs de te téléphoner dès qu'il se pointe ?

— Eddy, lorsqu'il se pointe, le public des clubs croit que c'est moi. Et pas seulement le public... Demande à Jeff...

Jeff, pendant tout le temps qu'avait duré notre conversation, s'était froidement absorbé dans la contemplation des cassettes vidéo qui étaient rangées sur des étagères comme des livres dans une bibliothèque.

— Il l'a vu deux fois et a bavardé avec lui croyant que c'était moi !

— Hé, il fait toujours sombre dans les clubs, tu pourrais prendre ta mère pour ta girl-friend, fit Jeff.

92

Et si tu veux savoir, je suis toujours convaincu que c'était toi. Tu nous mènes en bateau, Doug. Ça ne fait rien, si ça te plaît. Tu as toujours eu de l'imagination, j'ai de l'estime pour tes vibrations... On regarde Bowie dans *Elephant man,* boys ?

— Tu es malade, Jeff, complètement malade.

— Je mets *Elephant man.*

Après avoir appuyé sur plusieurs boutons, Jeff mit la télé en marche, et après quelques raies blanches nous vîmes le visage de Bowie-John Merrick.

— He is so fucking good, David.

Jeff recula et s'assit sur le divan.

— C'est le film ? demandai-je.

— Non. Le spectacle du Booth Theatre.

Nous regardions tous fixement l'écran.

Je les quittai à une heure du matin, abruti de bière et de marijuana. Brigit prit l'ascenseur avec moi et m'ouvrit la porte du hall, car le soir, elle était verrouillée. Les trois Killers avaient déballé de nouvelles canettes et étaient restés devant la télé où un film plein d'hémoglobine, de monstres et de tronçonneuses avait remplacé *Elephant man.*

— Toutes les nuits, Eddy, il s'assoit et regarde ses saloperies de vidéos, fit Brigit en soupirant sur le pas de la porte. Je deviens folle. Si ça continue, je serai obligée de lui dire au revoir. Je pensais vivre avec un musicien mais je vois maintenant que je vis avec un gros plein de bière chiant au possible.

— Les Killers ne font pas des concerts de temps en temps ? demandai-je.

— Je doute... Ils...

Brigit se tut et tripota la poignée de la porte...

— Il me semble qu'ils baissent, tu sais... Tu es heureux en Europe, Eddy ?

— Yes... Je suis plus efficace en Europe...

— Peut-être que je devrais me casser en Europe... Tu te souviens de Jenny, à quel point elle n'aimait pas les Français ! (Brigit rit.) ... Sans en avoir jamais rencontré un seul...

Quelques années passèrent. Je n'allais pas en Amérique, je n'avais pas de papiers, je perdis donc de vue de nombreux amis. Parmi eux, Brigit et Douglas. Un jour j'étais chez un ami critique de rock et nous regardions *Les Enfants du rock* en bavardant. Ils montrèrent un concert rock qui avait lieu sur le quai de l'Hudson. Lorsqu'après les Dead Boys, la tête échevelée de Bee-Bee apparut sur l'écran, je criai : « Ce sont mes amis ! » et je m'approchai du poste. Bee-Bee renversa le micro sur lui, le saisit entre ses longues pattes de sauterelle, et imitant un chien, se frotta l'entrejambe avec. Le micro grésillait, rugissait, on ne distinguait que « rock'n roll... rock'n roll » dans les sons désordonnés qui s'en échappaient. Bee-Bee portait des lunettes noires. Après s'être arrêtée sur ses lunettes, la caméra s'éloigna et je pus voir toute la scène. La caméra nous donna une vue d'ensemble, puis, intelligemment, décida de nous faire le portrait rapide de chacun des autres musiciens. Joss avait grossi et ses cheveux semblaient étrangement compacts et solides. Jeff était Jeff, sans changement, mais ce n'était pas mon ami Doug qui dansait avec sa guitare... Non, non, je ne le connaissais pas ce gars-là...

— Ils ont changé de bassiste ? m'écriai-je.

— Tu ne sais pas ? Il y a longtemps. Quelques années... (Le propriétaire de la télé était non seulement critique de rock, mais également auteur d'un livre sur le courant punk.) Une histoire bizarre. Peut-être même un suicide...

— Tu parles de Douglas, le bassiste des Killers, tu es sûr ?

— Oui. Je suis ces affaires-là. C'est ce qui me fait vivre...

— Mais je connaissais bien Douglas. J'étais un ami de sa girl-friend. Ou plus exactement, ma girl-friend était la meilleure amie de la sienne, une Irlandaise...

— Oui. Une Irlandaise. C'est à cause de cette fille bizarre que toute cette histoire est arrivée. Elle a plaqué Doug pour un mec qui lui ressemblait comme un jumeau !

— Déconne pas. J'ai assisté au début de cette histoire, mais jamais je n'aurais pu m'imaginer qu'elle finirait comme ça.

— Le type se faisait passer pour Douglas, s'habillait comme lui, passait out dans les clubs rock. L'Irish girl l'a rencontré par curiosité, et a couché avec lui, toujours par curiosité...

95

Il s'arrêta en voyant mon expression.

— Bien sûr, ce n'est que ma tentative de reconstituer les faits, Edward... Apparemment, l'Irlandaise s'est plu au jeu, ou elle avait peut-être quelque chose dans la tête, toujours est-il qu'elle l'a revu... Ils ont pris de l'audace et se sont mis à sortir ensemble out, il se faisait passer pour Douglas. A la fin, tout a été découvert. Douglas a été secoué, cassé. Tu sais, ce sont tous des gars simples, les gars du rock'n roll, à quelques exceptions près... Les Américains surtout. Des gars simples et souvent violents. Douglas l'a tellement tabassée qu'elle n'a pas pu marcher pendant un mois. Lorsqu'elle a pu se lever, elle a mis des lunettes noires et a quitté l'appartement, en laissant tout, elle n'a même pas pris un sac. C'était son appartement...

— Sa chambre, corrigeai-je. Une chambre à Down Town, dans Wall Street...

— Exact. Quoi, tu es allé chez eux ?

— Oui. Une fois.

— Bon. Elle n'est pas revenue. Elle a disparu. Et le sosie a disparu en même temps qu'elle. On dit que Doug l'a cherchée, mais c'est grand les Etats-Unis, sans parler du reste du globe... Un jour, l'eau s'est mise à goutter du plafond chez les Law Offices Jvanetski, Chimm et Peters. Ils sont montés, ont défoncé la porte et trouvé Douglas dans la baignoire... Mort, bien sûr. Avec une guitare électrique dans les bras... (Mon ami se tut.) Tu sais que la mort par électrocution est la mort la plus répandue dans la profession du rock ?

— Je croyais que c'était l'OD... La drogue.

— Non. L'électrocution. L'overdose, c'est de la légende. L'électrocution comme à l'EDF ou à la CON-EDISON.

— Tu trouves que c'était un bon musicien ?

— Plutôt bon. De toute manière pas un leader, il faut se le rappeler. Simplement un musicien. Un blue collar worker de la musique. Il avait de bonnes références. Il a travaillé avec les grands. Les derniers temps, avec son histoire de dingue, il était sur le déclin. Les Killers l'auraient remplacé... de toute façon... même s'il était resté vivant. Je crois qu'il l'avait compris.

— Les Killers aussi ont l'air sur la pente descendante, fis-je remarquer en montrant l'écran sur lequel Bee-Bee continuait de masturber son micro. Ça ne suscitait pas d'enthousiasme particulier dans la foule massée sur le quai. Il y en avait même qui sifflaient.

— Bien sûr, fit-il tranquillement. Rien n'est éternel. La musique vieillit. Les groupes vieillissent. Les gens vieillissent... La durée de vie moyenne d'un groupe rock est d'un an et demi. Ils meurent en pleine jeunesse. Les Killers ont vieilli, ils appartiennent aux années soixante-dix. Ils ont l'air de bonnes vieilles mémés ébouriffées, ils ont leur place dans les livres sur le rock, mais plus sur scène...

— Et pourquoi as-tu décidé que Doug s'était suicidé ? C'était peut-être un accident.

— Oh, tu sais... Ce n'est que mon hypothèse, je ne peux pas le prouver... Mais...

Suicide is painless
It brings on many changes
And you can take or live it
If you please...

chanta-t-il. Tu sais, il était très moche lorsque la police l'a découvert. Bien sûr, on ne s'attend pas à voir un mort avec des joues roses, mais quand même... Une perruque flottait dans la baignoire ! Sa perruque. Il portait une perruque ! L'idole des teenagers, avec un crâne chauve, un gros ventre, des jambes blanches maigrelettes, veines bleues variqueuses, tu t'imagines... ! Il n'avait pas quarante ans, mais, tu sais, la vie sans efforts physiques, et, depuis le plus jeune âge, la marijuana qui donne un appétit de loup et une soif qu'on satisfait en absorbant des gallons de bière... Quelle angoisse !

Nous nous tûmes. Je me souvins de la baignoire à pieds, de Brigit assise sur son rebord avec un sourire ironique aux lèvres (peut-être à cette époque connaissait-elle déjà le sosie), et du miroir derrière Brigit... Je pensais qu'en entrant pour la dernière fois dans sa baignoire, mon ami Doug avait pu voir son corps dans les moindres détails, comme l'avait vu sa compagne aux cheveux rouges et à la peau blanche chaque nuit avant de s'endormir. Brigit était cruelle mais juste, comme la vie. « You are old, Doug, je me tire avec un plus jeune », elle était capable de dire des choses pareilles. Teenage Idol avait pris sa guitare et était entré dans sa baignoire. Le fil serpentait sur le vieux plancher et s'enfonçait dans la prise... C'était un pro, il s'y connaissait en électricité, aussi bien qu'un ouvrier d'EDF...

— Merde ! fis-je.

— Merde ! répéta mon interlocuteur. Big merde !

La pluie

Le jardin du Luxembourg était humide, sombre et inhabituellement vide.

Dimitri n'était pas au jardin. D'ailleurs, il ne serait peut-être pas allé à sa rencontre s'il l'avait vu. Cela était déjà arrivé. Il préférait regarder la silhouette musclée et trapue de son ami, se démenant avec une raquette sur le court ou jetant un Frisbee sur le terrain de basket poussiéreux. Grâce à cette manœuvre, Paris se domestiquait aussitôt, se transformait en une petite ville de province où, en entrant dans la cour voisine, on peut crier à un ami : « Salut ! »

Il longea le périmètre du jardin, empruntant ses allées les plus désertes et s'assit un instant près des nouveaux courts où il regarda le mauvais jeu de deux jeunes filles laides. Lui-même ne savait pas jouer au tennis et n'avait jamais essayé d'apprendre. D'ailleurs, tous les jeux lui paraissaient être une inutile perte de temps. Du jeu de cartes au jeu de base-ball. Il jouait de la vie.

Un type aux cheveux très sales, vêtu de guenilles sombres et froissées, entra dans son champ de vision, sortit de derrière son dos un morceau de carton et lui montra le texte. « J'ai faim... de prison... » Faisant une grimace, il marmonna « non » et confirma « non » par un signe de tête. Sans se vexer, le type retira le carton et sortit de son champ de vision. Pas de travail, vole, pille, mais ne mendie pas, pensa-t-il. Lui, aux temps les plus difficiles de sa pauvreté, ne s'était pas abaissé à la mendicité... Même... Il dut honteusement arrêter sa pensée, il se souvint de lui, adolescent, à Sotchi et à Touapsé, s'approchant de couples enlacés sur des bancs : « Excusez-moi, s'il vous plaît capitaine, vous n'auriez pas un peu de monnaie, je n'ai pas mangé depuis plusieurs jours... » Plus que les autres, c'étaient les marins et les officiers qui donnaient, de là cette flatterie un peu fruste de « capitaine », même si le « client » était simplement matelot ou élève-officier... Il n'aimait pas et raillait la chrétienté, cette religion populaire confortable pour l'homme moyen et sans talent, mais il lui fallait avouer que le « Que celui qui n'a jamais péché lui jette la première pierre » était sage. Tu esquisses une pose condescendante de superman, tu regardes, comme d'un piédestal, d'une élévation, du haut vers le bas, et voilà qu'un épisode presque oublié de ta vie personnelle remonte à la surface, et que tu es obligé, dans un soupir, de descendre et de te mêler à la foule. Dans la foule chaude et crasseuse de tes semblables. Dans la foule, ça sent l'ail, on se soûle de vin aigre bon marché, on porte des chaussettes sales, on lâche des gaz, on pince le derrière des filles, bref ta propre humanité te cerne pécheusement, de bébés hurlant en vieux bâillant.

Un nouveau couple chassa les jeunes filles laides : un adolescent noir tout fin et une forte blonde américaine. De ses nombreuses années de visites au jardin, il savait que l'adolescent noir s'appelait Ignacio et qu'il était le fils d'un ambassadeur africain. De quel pays, il ne s'en souvenait pas. L'Américaine, opulente, aux joues roses, qui n'avait certainement pas dépassé les vingt ans, aurait cependant déjà pu allaiter plusieurs nourrissons avec ses gros tétons. Une vache, avec des yeux de veau, pensa-t-il. Un petit museau de veau, lisse, humide et rose, des yeux gris-bleu. Il avait eu le temps de voir le visage de la petite Américaine en gros plan, alors qu'elle retirait sa veste légère. En Californie et à New York, il avait couché avec une cinquantaine de filles de ce genre, avec des gros tétons, des gros culs et la peau douce. Généralement, le grand-père ou la grand-mère de ces émouvantes génisses étaient originaires de pays germaniques ou scandinaves. Il se souvint qu'en argot russe *macho* on appelait justement ces filles-là des « génisses ». Ses relations avec ses petites amies de ce genre ne duraient cependant jamais bien longtemps. Il était un type peu ordinaire et cherchait des femmes peu ordinaires, difficiles...

Mais où as-tu pris que tu es peu ordinaire ? se dit-il, il soupira même tristement parce que c'était une question qu'il se posait régulièrement, un genre de cérémonie. Et qui en entraînait une autre, essentielle : avait-il le droit d'être cynique et cruel envers ses semblables, envers le collectif des hommes ? Merde, *shit,* se dit-il dans les deux langues. Quelle cochonnerie d'intellectualisme abstrait ! D'ailleurs tout s'explique simplement et tu connais l'explication. Tu as terminé ton dernier livre il y a quinze jours, camarade écrivain, et voilà, c'était prévisible, tu doutes de toi. C'est un signe, il faut commencer un nouveau livre. Il s'était soûlé des dizaines de fois au cours de ces quinze jours, rien d'étonnant à ça, il avait toujours besoin d'un intensif laisser-aller après un travail intensif sur un livre. Il s'était soûlé, avait commis une demi-douzaine de contacts sexuels de hasard, maintenant au travail. Seulement sur quoi s'arrêter, sur quoi écrire. Des idées, il en avait plein. Il avait quelques stocks, quelques débuts de romans, quelques phrases dures qu'il fallait poursuivre de phrases tout aussi dures, fortes, musclées... Il savait cependant d'expérience que ça ne serait pas aisé de choisir. Choisir devenait de plus en plus difficile. Ecrire, plus facile.

Quelques gouttes, grosses, tombèrent sur le banc. Et sur ses bras bronzés, nus jusqu'aux coudes. Comme le lui avaient dit les jeunes filles de l'agence lorsqu'il était passé signer son contrat : « Quelle couleur ! » Et il leur avait répondu : « Le soleil de Paris !... » De nouvelles gouttes, énormes, s'écrasèrent sur son pantalon noir, fatigué. Elles pénétrèrent dans l'étoffe, en s'étalant. Il fallait qu'il lave son pantalon. Il était temps. Il lavait lui-même ses affaires, même ses vestes. Cela coûte cher de les donner à nettoyer à Paris. Et à New York, est-ce qu'il les donnait chez le teinturier ? Il ne se souvenait pas. Lorsqu'il travaillait chez le multimillionnaire, oui. Avec les innombrables costumes de ce dernier. A l'époque il ne portait que du blanc. Maintenant, du noir, exclusivement.

Les gouttes redoublèrent et il se leva. Ignacio et la blonde continuaient à jouer. Sur les courts voisins aussi. On avait payé, pluie ou pas pluie. Il se dirigea vers la sortie rue de Vaugirard. Il releva le col de sa vieille veste. Voilà ce que c'est d'avoir une veste de chez un bon couturier. Cela faisait six ans qu'elle lui servait. Malgré les lavages et la décoloration due au soleil, elle gardait forme et élégance. Quand on a une veste pareille, même portée sur un tee-shirt noir à dessins représentant des balles blanches, la police réfléchit avant d'arrêter son propriétaire et de lui demander ses papiers.

Il entra sous le toit d'un vaste kiosque à sol de bitume. Il fallait attendre que la pluie cesse, elle était trop drue, trop gênante. Les nombreuses chaises vert pâle du Luxembourg, chaotiquement abandonnées par les joueurs d'échecs, peut-être, qui d'ordinaire peuplaient le kiosque, restaient silencieuses. Il en prit une, la sépara de la foule de ses consœurs de fer et s'assit face au chemin menant vers la sortie du jardin. Et vers les toilettes.

Un père énergique, à cheveux noirs, roulait une poussette avec un gros bébé. Un deuxième enfant, une fillette d'environ cinq ans, courait en se tenant à la poche arrière du pantalon noir de son père. Un bourgeois. Pas mauvais baiseur. Ancienne mode, se dit l'écrivain pour définir le père. Il continue de faire l'amour avec sa femme, comme avec une maîtresse. Profession ? Dans un business plutôt énergique, pas dans les papiers. Si c'était dans les papiers, il aurait l'air à moitié endormi. Plutôt propriétaire d'un magasin. Le père assit la petite fille sur une chaise, sortit un mouchoir de sa poche et lui essuya les cheveux. La petite fille rit, donc, une famille heureuse... Des conneries, un enfant malheureux peut rire lui aussi. Pourquoi pas ?

Une femme mince, « sympa », pantalon clair et veste de coton noir (sans doublure ?) sur un tee-shirt — l'écrivain sentit une solidarité de classe — entra avec un jeune homme obèse à lunettes, en pantalon un peu trop large et chemise à grosses fleurs. Elle entra la première, et il la suivit, empoté avec ses lunettes. Qui était-il ? Pas son fils. Ni son frère. Son amant ? Peu probable. Sans doute un ami débarqué à Paris à qui elle montrait le jardin, et la pluie les avait chassés ici. Une autre variante peut-être : elle était venue à Paris et il (en fin de compte sa chemise à fleurs était dans l'esprit de celles des Halles) la promenait dans le jardin du Luxembourg. Ils s'assirent à la droite de l'écrivain, face à face, à une distance relativement convenable l'un de l'autre. Ils parlaient en français et, semble-t-il, sans accent. Mais son visage aurait pu être celui d'une Italienne.

Il choisit une flaque pour y guetter la fréquence des gouttes, suivre les changements d'intensité de la pluie. La flaque se couvrait d'une profusion de bulles, mais du côté des courts où il n'y avait pas de grands arbres, seulement des arbrisseaux, le ciel était resté grisclair et s'était même éclairci. Un gros pigeon se posa à ses pieds et se peigna les plumes. Comme un chien qui a des puces. Mais peut-être y a-t-il des insectes spéciaux, des puces de pigeon ? Pourtant le pigeon avait l'air d'être sain, un gros pigeon. Sa taille correspondait à celle d'un homme d'un mètre quatre-vingts...

A larges brassées, un type en pantalon beige à larges pattes, démodé, veste couleur chaises du Luxembourg, naviguait par saccades sous le toit du kiosque. Le derrière du type était plus vaste que ses épaules fuselées par la veste. Sur son crâne, au-dessus d'un rare semis de cheveux, scintillait le cerceau des écouteurs d'un walkman, tandis que le walkman pendait, accroché à une poche de son pantalon, près de la cuisse. Le type se mit à arpenter le kiosque. Sa tête et son tronc bougèrent d'abord, puis les pagaies de ses bras, et enfin seulement son derrière et ses jambes. Ce mode de déplacement, ainsi que la forme du corps, témoignaient de son anormalité. Le walkman aussi paraissait peu naturel sur ce moujik d'un âge moyen. C'est ainsi qu'on nous représente les assassins malades et les maniaques sexuels dans les films. Que dire, les gens qui font les films ne sont pas des imbéciles. Leur talent varie, mais ils sont intelligents et observateurs. Les photographes aussi. Il existe indiscutablement un lien entre le physique d'un homme et son psychisme. Bien que l'humanité ait condamné Lambroso pour ses soi-disant recherches racistes, le mot de la fin n'est pas encore dit, « ce n'est pas aujourd'hui le soir », comme l'affirme le proverbe ukrainien. On verra bien. L'humanité a plus d'une fois condamné ses propres décou-

107

vertes, prétendant que c'étaient des erreurs, et est revenue dessus plus tard. Les premiers braves qui ont affirmé que la Terre tournait autour du Soleil, et pas le contraire, n'ont-ils pas été condamnés ? Si...

Un coup de vent humide s'engouffra sous sa veste légère et arrosa son dos de froid. Il boutonna l'unique bouton de sa veste, et déroula ses manches.

Un couple de vieillards. Lui devant — grand, voûté et bossu, en veste informe, un sac à la main. Elle — cheveux gris, coupe à la *komsomol* des années vingt, pantalon, sneakers et veste à capuchon, bras tombants, comme morts à la façon des poupées, de chaque côté de son torse — entra derrière lui, en mimant ses mouvements. Il se secoua, tapa des pieds pour faire tomber les gouttes, elle fit de même. Elle se serra contre lui, leva vers lui son visage. Emit un son croassant, interrogatif. L'écrivain tendit l'oreille. Encore un son. Ce n'était ni du français, ni de l'anglais, ni de l'allemand. Ni du chinois, non plus. Elle parlait sa propre langue. Sur un ton exigeant, en relevant la tête. Comme le jeune corbeau que l'écrivain avait ramassé dans la cour d'une église à Ivanovo et ramené à Moscou ; il croassait en relevant la tête, et ouvrait le bec pour exiger du saucisson. « Croa ? »

— Edward ?

Il se retourna. Une femme qu'il ne connaissait pas, très maigre, en combinaison noire et sandalettes à ses pieds nus, se tenait derrière sa chaise, les mains posées sur les poignées d'une poussette dans laquelle dormait un petit garçon d'environ deux ans. Nus, les os de ses coudes et de ses avant-bras saillaient, tendus

108

d'une peau inégale bleu foncé. Désagréablement maigre, comme après une longue maladie. A quelques pas, un petit garçon plus âgé observait d'un air sombre cette scène qu'il ne comprenait pas. L'écrivain ne se souvenait pas de la femme, mais se leva. Il lui était plus d'une fois arrivé de rencontrer des gens du passé, et il savait qu'il fallait faire comme si on les reconnaissait.

— Hello ! fit-il. How are you ?

— Tu ne m'as pas reconnue ? Non ? s'exclama la femme. Je suis Marylin. Marylin Stein. Tu te souviens, New York ? Upper West Side ?

— Oh, Marylin ! fit-il tout aussi mensongèrement. Tu es depuis longtemps à Paris ?

— Cela fait huit ans, Edward. Je me suis mariée à un Frenchman. Ce sont mes garçons.

Celui qui était dans la poussette dormait, il avait oublié de fermer un œil. Baveux, avec des taches blanches séchées près des lèvres. Le second se balançait d'un pied sur l'autre ; il se détourna et agita un pied en visant le pigeon. Le galeux solitaire ne s'envola pas, mais courut jusqu'à une colonne de bois d'où il observa la scène humaine.

Il ne la reconnaissait pas. Et son nom, Stein, ne lui disait rien. Il y avait des centaines de Stein dans l'annuaire new-yorkais.

— Je savais que tu vivais à Paris. Wanda me l'avait dit. Et j'ai vu des photos de toi dans les journaux. Sinon, je ne t'aurais pas reconnu. Tu as changé de coupe. Et, plus généralement... tu as changé.

Une silhouette émergea du nuage de poussière qui voilait le passé. Il avait changé de coupe en 1978. Donc

Marylin Stein était une relation de sa première période new-yorkaise, celle qu'il appelait la période « héroïque » : les années 1975, 1976, 1977.

— Asseyez-vous, Marylin, dit-il, et il approcha une chaise en fer de la sienne.

Au moment où, en sautillant, elle fit un pas en direction de la chaise, et où elle s'assit, en agitant drôlement les bras, il se souvint d'elle. Marylin — la Ballerine !

— Qui est ton heureux époux, Marylin ?

— Un businessman. Un gros businessman. Un « industriel », comme on dit ici.

— On n'aurait jamais dit il y a dix ans que tu épouserais un businessman. On aurait plutôt prédit que tu lierais ton destin à celui d'un maniaque sexuel !

Elle s'agita sur sa chaise. Ses yeux sombres jetèrent quelques regards de l'époque de 1976.

— J'étais une jeune fille très convenable. C'est vous, les Russes, qui m'avez pervertie...

Il lui avait semblé alors que c'était elle, Marylin, qui les pervertissait, eux, les Russes. Lui, plus particulièrement. Il y avait donc une autre interprétation possible du passé. Des bulles se formaient, énergiques, dans la flaque qu'il avait choisie. La pluie redoublait. Deux clochards entrèrent sous le kiosque. Tous les deux en sneakers et jeans. Des jeans tout neufs, de bonne qualité, remarqua-t-il. Le plus vieux, à qui sa veste de velours et sa casquette donnaient un air étonnamment sportif et *in*, marchait derrière le plus jeune en grommelant. Comme les époux, se dit l'écrivain... Une bande de jeunes, vêtus de chiffons de couleurs vives, jardin d'enfant, s'était assise dans le coin le plus éloigné du kiosque et riait joyeusement. La vieille, poitrine appuyée contre le vieillard, demandait d'un air menaçant dans cette langue qu'elle seule comprenait : « Où ? » ou peut-être : « Donne ! »

— Cela fait un moment que j'avais l'intention de t'appeler, dit Marylin, mais ton numéro n'est pas dans le Bottin.

— Je suis sur liste rouge.

Il pensa que si elle avait vraiment voulu le trouver, elle aurait pu appeler l'un de « ses » deux éditeurs ou son agent littéraire.

L'assassin à walkman s'arrêta brusquement à côté d'eux, de sorte que sa poche se trouva au niveau du visage de l'écrivain. L'assassin regardait fixement les cimes des marronniers en se balançant au rythme d'une musique. Chacun de nous entend sa musique. Intéressant de savoir quelles mélodies entendait Marylin ? De manière étrange, il ne se souvenait pas de son corps. Il ne se souvenait pas de l'amour avec elle, pas de la moindre sensation. Pourtant Marylin — la Ballerine — n'avait pas été qu'une ombre épisodique dans sa vie.

L'Indien enturbanné de service cette nuit-là l'arrêta alors qu'il se dirigeait vers l'ascenseur.

— Mister Savenko, une miss vous a attendu, mais elle est partie en laissant ceci pour vous. (L'Indien agita une enveloppe.) Une miss bien. Une miss très bien !

Le turban s'ennuyait durant son service, il était trois heures. Cet étrange monsieur russe Savenko vivant

111

à l'hôtel Opéra, que le turban méprisait bien qu'il y travaillât comme portier de nuit, avait été honoré de la visite d'une miss bien habillée. Le turban était étonné. D'où un Russe sortait-il de telles connaissances ?

Il arracha l'enveloppe des mains du turban. Dans l'ascenseur, il déchira un bout de l'enveloppe, la chiffonna, et fourra la boule dans la poche de son manteau de cuir. Il était très bien élevé. Il se souvenait qu'à treize ans, des fossoyeurs l'avaient pincé dans le cimetière et l'avaient conduit, en lui tenant les mains, dans la loge du cimetière. Les participants à l'expédition restés libres (une expédition bien innocente, ils voulaient déterrer quelques plants de groseilliers à maquereau pour les replanter sur un bout de terrain, près de la nouvelle maison de Vitka), Vitka Prooutorov et Sachka Tichtchenko l'avaient vu, cachés dans les buissons, s'essuyer les pieds avant d'entrer dans la loge. De telles choses se font inconsciemment. Ses parents l'avaient éduqué malgré lui.

Il y avait une carte postale dans l'enveloppe. Dix ans plus tard, il en avait oublié tout le contenu, mais se souvenait des premiers mots. L'envoi commençait par « Wonderful spirit ! ». Marylin la Ballerine lui exprimait son admiration pour sa conduite. La nuit précédente, à une party chez la Ballerine, il s'était jeté sur son ex-femme avec un couteau. Un des hommes l'avait attrapé par le bras ; le couteau avait juste égratigné le bras du sauveur non invité. Il y avait eu une bagarre, on l'avait jeté. Les passions bouillaient en lui à cette époque. Et quelles passions ! Maintenant, il aurait haussé les épaules et serait parti. Ou bien il aurait, mondain, bavardé de choses et d'autres avec son ex-épouse. Les Américains, yeux écarquillés, regardaient ces passions russes. Malgré l'admiration, quelqu'un avait appelé la police. « Wonderful spirit » avait réussi à quitter le champ de bataille avant l'arrivée de la police. En compagnie d'une jeune fille laide.

Il l'avait appelée et l'avait remerciée pour la carte postale. A cette époque, il interprétait chaque marque d'attention venant de la part d'une femme comme une invitation au lit. Il proposait de la rencontrer, bien qu'elle ne lui fût physiquement absolument pas nécessaire. Il draguait les femmes de la manière la plus vulgaire qui soit, en souhaitant se défaire du sentiment d'infériorité qu'avait provoqué en lui la trahison de sa femme. Non, il ne s'était pas fixé de chiffre, de nombre qui, une fois atteint, lui aurait permis de s'arrêter. La conquête des femmes remplaçait pour lui toutes les autres victoires — le succès, la gloire, l'argent... Il avait invité la Ballerine dans un disco. Il avait trouvé convenable de l'inviter au Barbizon Plaza. Le Barbizon Plaza — il s'étonnait maintenant de sa bêtise — était un établissement triste de la 6ᵉ Avenue, vers la 58ᵉ rue. Les secrétaires et les *salesmen* allaient y danser. Un an plus tard, il l'eût invitée au Mad-Club ou dans tout autre trou à la mode de Down-Town. Mais dix ans plus tôt, il avait déprimé parce qu'on ne les avait pas laissés entrer au Barbizon-Plaza. Pourquoi ? Alors il n'avait pas compris, aujourd'hui, si. La Ballerine, sachant qu'il était un pauvre du Welfare, avait mis spécialement pour lui un vieux manteau vert. Lui, sachant que le père de la Ballerine était un commerçant très « well to do » du prêt-à-porter, s'était affublé d'une jaquette de peau qu'il n'avait encore jamais portée, orange, d'un pantalon beige et de chaussures roses à talons. Ils faisaient pimp et prostituée débutante de la veille.

— Tu te souviens de nous lorsque nous sommes allés au Barbizon-Plaza ?

Il sourit.

— Je m'en souviens parfaitement. Tu avais des chaussures roses à semelles compensées de plastique comme en portent les pimps noirs à New York, et moi, un vieux manteau de ma sœur aînée. On faisait la paire !

— Et il neigeait. Il y avait une tempête de neige sur New York.

Il eut soudain honte de s'être ému. Il s'estimait pour d'autres épisodes de l'année 1976. Parce que, serrant les dents, il avait écrit un livre. Parce qu'il sortait seul la nuit sur la place du General Motors Building, en face de l'hôtel Plaza, et qu'il s'asseyait là, tête renversée, de sorte qu'il voyait les sommets des gratte-ciel se refermer sur le ciel étoilé. Parce qu'en les regardant, il murmurait : « De toute façon, je vous baiserai tous ! Je deviendrai célèbre, l'écrivain le plus célèbre ! Plus que votre Norman Mailer. I gonna fuck you all ! » Parce qu'il avait crié la même chose, parce qu'il avait hurlé en direction du ciel quand il était soûl. Parce qu'il s'était assis sur un banc de pierre froid près de la General Motors plusieurs années d'affilée, et qu'il n'avait jamais douté de lui, bien que personne ne voulût de son livre, et que personne ne voulût de lui. En 1983, une fois son roman publié dans leur meilleure maison d'édition, Random House, il n'avait pu se retenir — il avait refait la visite du General Motors, s'était assis sur le même banc, avait relevé la tête et avait crié : « Eh bien, je vous ai baisés ! Je vous ai baisés ! Vous pensiez que j'étais un rêveur, mais j'ai prouvé que j'ai une colonne vertébrale d'acier ! » Les yeux lui avaient piqué, mais juste un instant. Quelques minutes plus tard, il s'était tranquillement levé et était parti comme part un soldat, après avoir pris une difficile hauteur stratégique. Il était parti vers d'autres hauteurs, sans regarder les tombes de ses amis. C'était pour ces gestes-là qu'il s'estimait.

Mais il ne s'estimait pas, chassé, sortant alors avec la Ballerine dans le vent de New York. Ils étaient allés dans un disco-bar, qui se trouvait sur cette même 6ᵉ Avenue. C'était son idée à lui. Il avait tout bien préparé, il avait étudié les lieux. Avant son rendez-vous, il avait exploré les environs et étudié les prix. Et c'est précisément à cause de cette préparation couarde, à cause de l'extraordinaire inquiétude que lui procurait un rendez-vous avec une femme qui ne lui plaisait absolument pas qu'il ne s'estimait pas. Aujourd'hui il avait honte de ce type non pas parce que ce type portait des chaussures roses à talons de treize centimètres de haut, mais parce qu'il était servile devant n'importe quelle conne.

— Tu étais très mystérieux alors, Edward !

Se tournant vers l'aîné des garçons — il avait enfoncé ses doigts dans l'entrelacs de ferraille de la chaise sur laquelle sa mère était assise et s'amusait à les tordre — elle lui dit méchamment :

— Va jouer avec les enfants !

Une demi-douzaine d'enfants jouaient ensemble sous le kiosque. L'enfant sortit à regret ses doigts de la chaise et s'éloigna.

— Tu m'as débauchée ! s'exclama-t-elle soudain. Tu m'as fait connaître le mal !

Il n'attendait pas le reproche. Il éclata de rire, sincère.

— Je t'ai pervertie ? J'étais un poète russe avec des ailes de verre, un jeune homme pur en un certain sens, malgré mes trois femmes, débarqué dans la Nouvelle Babylone. Vous autres, Américains, me sembliez des monstres de perversité ! Avec votre révolution sexuelle, vos sex-shops, vos films pornos... J'avais peur de paraître provincial, c'est vrai, j'avais peur de paraître drôle et old-fashioned à vos yeux, à tes yeux aussi...

— Je ne dis pas que tu m'as pervertie consciemment. Mais tu m'as pervertie, oui, par l'attention que tu portais au sexe, parce que tu faisais l'amour avec moi plusieurs fois par jour...

— Je le faisais, je l'avoue maintenant, c'est une vieille histoire, par crainte d'être moins bon au lit que les Américains. Lorsque tu ne connais pas les standards, tu ne peux pas t'évaluer. J'étais convaincu que nous ne ferions rien de particulièrement héroïque au lit. N'oublie pas que ma femme venait de me quitter, je doutais de moi en tant qu'homme. Si ma femme était partie, cela voulait dire que j'étais mauvais, je pensais ça, primitivement.

— Tu étais formidable ! dit-elle en français. Tu sais, pourtant tu ne me plaisais pas...

— Pourquoi es-tu venue à l'hôtel et as-tu laissé cette carte postale « Wonderful spirit ! » ?

— Oh, par hasard. J'étais chez Wanda, près du Lincoln Center, à côté. Et puis tu t'étais conduit à ma party de façon si irrationnelle, si passionnelle, que cela m'a séduite. Bon, me suis-je dit, les Russes sont encore capables de fortes passions. Mais mon enthousiasme était purement intellectuel. Il ne m'était pas venu à l'esprit que je pourrais coucher avec ce garçon... Mais quand, malgré moi, je l'ai fait...

Ses yeux roulèrent, voulant peut-être représenter l'extase.

— J'étais un raté, et les ratés font habituellement de bons amants... Je ne suis pas sûr d'être capable de tels exploits aujourd'hui.

Il croyait véritablement que les *losers* mettent dans le « lovemaking » tout leur être. L'unique moyen de s'affirmer.

— Pour autant que je sache tu n'es pas marié. Tu vis seul ?

— Seul... J'ai essayé de vivre avec des femmes. La dernière tentative l'an passé s'est soldée par un échec, bien sûr...

Elle plongea ses deux mains dans son sac qui pendait à une poignée de la poussette et fouilla à l'intérieur. Elle en sortit... un joint. Elle regarda autour d'elle, l'alluma et avala la fumée...

— Tu en veux ?

Elle lui tendit le joint.

— Merci, mais je dois encore travailler aujourd'hui. J'ai essayé de me concentrer toute la matinée, mais sans succès. Alors je suis allé me promener... Made in New York ?

— Oui, de l'herbe très forte. La femme qui prépare notre revue a des relations...

— Votre revue ?

— J'édite une revue, avec trois autres... (Elle hésita.) *Femmes*. Un bulletin d'information en anglais. Il faut bien s'occuper dans la vie, autrement qu'en élevant des enfants...

— Oui oui, acquiesça-t-il rapidement. Il faut.

— Mon mari travaille beaucoup, il est rarement à la maison. Je m'ennuie... Dis-moi...

Elle hésita de nouveau, rejeta la fumée dans la pluie, puis poursuivit :

— J'ai beaucoup changé ?

— Pas beaucoup, mentit-il sans réfléchir. Personne ne rajeunit, bien sûr, mais certains individus, avec le temps, changent même de structures mentales. J'en ai rencontré. Non, tu n'as pas changé, mais tu as maigri, ou c'est juste une impression ?

— C'est cet été, se justifia-t-elle. Il a fait une chaleur épouvantable, comme tu sais, je n'avais plus du tout envie de manger...

Il eut envie de partir. Mais la pluie, à en juger sa flaque, était toujours forte. En quelques minutes sa veste et son pantalon se transformeraient en chiffons mouillés et collants. Et froids. Il frissonna en s'imaginant cette froide humidité sur son corps et resta sous l'auvent. Il tendit la main vers son joint.

118

— Juste un coup... Tu permets ?

— My pleasure. De la très bonne herbe.

Il tira, mais pas profondément. Dix ans plus tôt, à New York, une once de marijuana lui durait à peine une semaine. Bon, c'était une autre époque. Il se surprit à soupirer. Regrettait-il cette époque ? se demandat-il avec étonnement. Non, il ne la regrettait pas, mais à présent il manquait de sensations. De sentiments forts. Il manquait d'indignation. Il manquait de méchanceté. Il manquait cruellement de révolte et de colère. De jalousie. Qui devait-il jalouser, alors qu'il venait de signer son septième contrat français ? Il voyait sa photo dans les revues du monde entier. Et si ce n'était pas dans le monde entier, dans les revues des pays civilisés, des pays au « publishing business » développé...

Soudain, le visage de Marylin trembla, sa peau se resserra et se brisa en petites facettes distinctes. Dix ans plus tôt, il ne comprenait pas son visage. Son visage d'Américaine. Maintenant, tout était clair. Il comprenait qu'elle avait peur. Il comprenait qu'elle attendait dans la peur. Il était clair que si parfois Marylin était sûre d'elle, cet état ne durait jamais assez longtemps. Il était clair que n'importe quel passant pouvait se fabriquer l'image de Marylin qu'il souhaitait, conformément aux lois qui régissent les relations avec des femmes peureuses. Qu'il pouvait s'asseoir cul nu sur toutes les petites facettes de peau de Marylin s'il le voulait. Mais seulement si la force de sa volonté était plus forte que la sienne, à elle. Et si cela l'intéressait de soumettre Marylin. Pour lui, ce jeu ne l'intéressait plus depuis longtemps.

Elle se lécha les lèvres et ferma les yeux. Sa langue lécha de nouveau timidement le coin de sa bouche. Et se cacha. Sa joue se contracta, dessinant de petites rides qui aussitôt s'estompèrent. Elle attendait quelque chose. Il s'imaginait une vache, se balançant d'une patte sur l'autre en ruminant de l'herbe. Et elle levait la queue. Elle se balançait de nouveau. Sans bouger les pattes arrière, elle faisait gicler une bouse décente, végétarienne. Et la piétinait...

En fait, le sexe est plus que le sexe. Moins que tout il est l'union de deux organes, le masculin et le féminin. Cette opération des plus simples n'est que le résultat d'un choix naturel des volontés, le résultat d'un combat singulier de forces spirituelles biologiques, combat parfois rapide comme l'éclair, parfois difficile et opiniâtre. Et la femme peut s'avérer plus forte que l'homme. Les invisibles éclairs de volonté qu'elle fait tonner peuvent être plus puissants que ceux de l'homme. Le talent, tout l'être y participe...

— Oui, de la bonne herbe.

Elle avait repris courage.

— J'ai lu ton livre. Celui où tu décris des événements auxquels nous avons tous participé. Tu vois le monde de façon monstrueuse... Pourtant ce n'était pas du tout comme ça...

— Je ne prétends pas que ma manière de voir les choses soit la seule. Mais je suis le seul à avoir su exprimer « ce qui s'était passé » avec des mots. Ecris ta variante si tu veux. Et puis ce qui arrive est toujours polysémique. J'aurais pu écrire une demi-douzaine de livres sur cette même histoire, mais pas un éditeur ne peut se permettre le luxe de publier six variantes d'une seule et même histoire.

Soudain, venant du passé, effaçant les jeunes arbres et les courts de tennis, sa chatte lui apparut entre ses jambes ouvertes. Des poils sombres descendaient des deux côtés de sa fente grise. Chez certaines, elle est rose, chez d'autres rouge, chez Marylin, il se souvenait, grise. En forme de dollar américain, la chatte de Marylin était suspendue dans le ciel, et ils la regardaient, Marylin et Edward, assis, comme au cinéma. En dix ans, elle n'avait pas vieilli, mais la peur moqueuse avait disparu de son visage. Une expression de peur accablante l'avait remplacée. On pouvait deviner sans risquer de se tromper que c'était le con de la femme d'un industriel, mère de deux enfants, et non celui de Marylin, la Ballerine.

— Mum ! (Cela faisait un moment que l'aîné des garçons tapait sur l'épaule de Marylin Stein.) Je veux aller aux toilettes... Mum !

— Jesus Christ ! Tu vois la pluie... Va...

La mère regarda autour, cherchant un endroit où envoyer l'enfant accomplir son besoin naturel.

— Les toilettes sont à côté. (Il indiqua du doigt une petite palissade derrière « sa » flaque.) Tu vois ? A une dizaine de mètres.

— Les enfants... soupira-t-elle en se levant, et en rajustant sa combinaison. Pour boire, pour aller aux toilettes, c'est sans arrêt « maman ! ».

Elle prit son fils par la main et gagna avec lui l'extrémité du kiosque.

— Je compte jusqu'à trois. A trois, nous courons de toutes nos forces. D'accord ? Un, deux, trois !

La mère et le fils, faisant claquer leurs semelles de sandalettes, coururent vers les toilettes. En chemin, ils traversèrent sa flaque et la troublèrent.

Il se leva. Le con avait disparu du ciel. Peut-être avait-il compris qu'on ne s'intéressait pas à lui. Un policier en pèlerine démodée entra dans le kiosque. Poitrine appuyée contre le policier, la vieille *komsomol*, tête relevée, criait, d'une voix exigeante, dans une langue qu'elle seule comprenait. Peut-être lui demandait-elle du saucisson soviétique, comme le corbeau ?

Il releva le col de sa veste et sortit sous la pluie serrée.

La serrure

— J'ai participé à trois guerres, écrit vingt et un livres et me suis marié trois fois.

Il s'arrêta, regarda le verre de whisky canadien — sa boisson préférée — qu'il tenait serré dans sa main comme s'il voyait un verre pour la première fois de sa vie.

— Je bois du whisky straight, je compte vivre encore une dizaine d'années. La vie est con, ça ne vaut pas le coup... Tu me comprends ? Tu es russe, tu dois me comprendre...

Je le comprenais. Il donnait avec succès une image de lui-même hésitant entre Hemingway et Genia Evtouchenko. Nous étions assis dans un piano-bar, dans une cave de Saint-Germain, et le pianiste noir en smoking blanc débusquait du piano un morceau de jazz qui collait à l'humeur de mon interlocuteur. Ça sentait l'alcool. La pénombre était belle. On avait l'impression que Lauren Bacall allait maintenant passer au piano et qu'Humphrey Bogart, mains dans les poches, méprisant, allait ouvrir la porte « exclusivement réservée au service » et venir s'appuyer contre le mur, une cigarette aux lèvres. C'était lui qui m'avait amené dans ce piano-bar, peut-être s'était-il mis d'accord avant avec le pianiste noir pour que celui-ci l'accompagne d'un air hemingwayien ?

— Je comprends, fis-je entendre, et je me versai du whisky.

Tous les autres, les clients ordinaires, étaient servis dans des verres, nous, à sa demande, nous avions pris une bouteille. Nous étions de vrais hommes, pouvait-il donc en être autrement ? Deux écrivains.

— Pourquoi est-elle à toi ?

Il me prit soudain par le revers de ma vieille veste blanche et m'attira vers lui par-dessus la table. Il avait la soixantaine mais sa main était ferme. Il mangeait bien, lui, pas comme moi.

— Tu me la donnes ?

Il pensait qu'on pouvait la donner comme on donnerait un livre que l'un d'entre nous a écrit, comme on donnerait une bicyclette ou un appartement. Un appartement qu'on céderait à quelqu'un. A lui.

— Prenez-la, dis-je.

Je me dégageai de sa main et bus mon whisky. Avec plaisir, en me brûlant, en goûtant l'âpre et le fort de la boisson. Je pensai au fond que nous n'étions que deux affreux poseurs, mais je fus soudain heureux du whisky, de sa main lourde aux veines gonflées d'un sang d'alcoolique posée sur la table, de la fumée qui nous parvenait de la table voisine où une grande beauté

124

pâle venait d'allumer sa cigarette à l'allumette que lui présentait un trop jeune et trop timide mâle qui n'allait pas du tout avec elle.

— Merci, le Russe.

Ses yeux noirs fatigués — ils avaient suivi la frappe de vingt et un livres sur la machine à écrire, avaient mis en joue durant trois guerres et caressé six femmes — s'embuèrent. Il ne pleurait pas, il était profondément ému.

— Seulement, comment procédons-nous au transfert ?

Je me reversai du whisky. Je vais rarement dans des établissements de ce genre, je n'ai pas d'argent. Ce n'était pas comme lui, j'avais écrit deux livres et le premier allait seulement sortir. J'aimais ce whisky. Je voulais en boire tout mon soûl. En faire provision.

— Tu ne dois plus la voir. Jamais.

— Quoi ? Ne pas la laisser venir chez moi ? C'est idiot. Elle a la clé. Elle ne me la rendra pour rien au monde si je la lui demande.

— C'est ton problème. Tu m'as promis.

Promis. Il ne comprenait rien. Nous en étions au troisième bar et il n'avait toujours pas compris. Il pensait qu'il suffisait de dire à une Russe : « Je ne t'aime pas. Je ne veux plus te voir. Rends-moi la clé de mon studio », pour qu'elle se vexe et disparaisse pour toujours. Il connaissait bien mal la femme russe, pourtant, il affirmait qu'il en avait eu une. Lorsqu'il avait mon âge.

— En vous disant : « Prenez-la », je voulais dire

125

que je ne tenais pas trop à elle. Et que si vous, comme vous le dites, l'aimiez, je ne...

Je m'arrêtai. J'étais soudain irrité d'avoir à prononcer ces mots. « Vous l'aimiez... », quelle expression, bon Dieu, comme si nous étions deux collégiens enfermés dans des toilettes pour discuter, jeunes et généreux, de notre premier amour. Commun. Il attendait que je termine, il clignait tragiquement des yeux et lissait d'une main sa barbe grise. Je décidai de lui parler désormais dans ma langue, pas dans la sienne, conventionnelle, érudite et précieuse. Qu'il adopte mes règles du jeu.

— Si je commence à la fuir, elle va m'accorder son temps et son attention. Elle ne comprend pas qu'un homme puisse rester indifférent. Je vous promets de ne pas la voir, mais je ne suis pas sûr qu'elle respecte ma promesse. Vous comprenez ?

— Oui, oui, je comprends. N'oubliez pas que je suis russe...

Il me regardait maintenant comme l'acteur d'une mauvaise production américaine, *Le Moujik russe à l'âme énigmatique,* tirée d'un roman de Dostoïevski. Russe... Il était à moitié juif, sa mère était née à la fin du siècle dernier à Minsk ou à Pinsk. Je souris au souvenir de Freud et Jung étudiant le caractère russe à Paris et à Genève sur des émigrés juifs. Et ils avaient découvert dans le caractère russe des tendances à l'autodestruction. Je n'ai rien contre les juifs, ils forment une nation talentueuse et pleine d'allant, mais je ne puis pourtant pas être d'accord pour qu'on confonde les caractères juif et russe. Lui, il ne compre-

126

nait pas, et il me prêtait à moi — amant et ami de cette femme —, de manière inconsciente, le pouvoir somme toute très proche-oriental du père-patriarche dans la famille orientale. Il se plaignait à moi et croyait que j'étais en mesure de la guider, de la commander, de la diriger vers lui. Un pas de plus en ce sens et nous nous mettrions à discuter du *bakchich* qu'il me donnerait. Du nombre de brebis, de chameaux, de bracelets d'or et d'argent... Hum...

— De combien as-tu besoin pour louer un nouvel appartement ?

Il était devenu complètement fou. Il était prêt à déménager d'autres écrivains dans Paris pour cette femme. Ces choses-là ne s'appellent pas de l'amour, mais de l'obsession.

— Mais je ne veux pas déménager. Mon studio me plaît. Je me sens bien dans le Marais, je commence juste à m'habituer au paysage, à la cheminée, aux vieux avions sur les photographies anciennes...

— Tu m'as promis, le Russe. Nous sommes tous les deux écrivains.

— Non, je ne déménagerai pas. Je vais changer la serrure.

Il éclata de rire.

— Oui, c'est plus simple de changer la serrure.

— Ecoutez, David, je tiens à vous prévenir...

— Je sais, elle est très dangereuse. Je sais...

Il sourit du sourire exalté du vieil imbécile qui a mordu à l'hameçon d'une jeune traînée et reste convaincu que c'est la Vierge Marie elle-même qui l'a pris. Du sourire de l'une de ces grémilles que la per-

127

sonne dont nous parlions tous les deux à l'instant avait arrachées à l'eau d'un étang normand l'été dernier et amassées de manière féline. Sa génération avait un rapport servile aux femmes. Des sexistes. Ma génération ne les remarquait pas.

— Je voulais vous prévenir. Svetlana est un être égoïste, capable non seulement de vous prendre les livres que vous aimez et de ne pas vous les rendre, de téléphoner de chez vous aux quatre coins du monde, mais aussi de déchirer, mâcher et avaler un portefeuille volumineux en un temps record. Souvenez-vous de cela, David. « Lumineuse », comme vous l'appelez...

— Mon pauvre, ton séjour aux Etats-Unis a laissé des traces.

Il hocha la tête et me regarda, peiné.

— Tu fais montre d'un matérialisme indécent.

— Vous-même vous êtes plaint de ce que Lumineuse ne vous avait pas rendu vos livres et avait dépensé des sommes astronomiques en téléphonant de chez vous dans des pays lointains.

— Bon, à ce moment-là, je l'avais un peu mauvaise parce qu'elle avait disparu et ne donnait pas signe de vie. J'ai l'impression qu'elle ne sait tout simplement pas faire la différence entre ce qui est à elle et ce qui est aux autres, elle est convaincue que tout lui appartient, le monde entier. En est-elle coupable, mon jeune collègue ?

Le jeune collègue se disait que si son vieux collègue savait en quels termes Lumineuse le lui avait dépeint, peut-être en ferait-il une crise cardiaque. « Vieux chiant » était le plus tendre. « Taré », le plus utilisé.

Le cruel « Il y a longtemps qu'il ne peut plus bander... » était meurtrier pour la virilité d'un homme qui avait supporté les épreuves de trois guerres et six femmes. En entendant le verdict de Lumineuse, le jeune collègue avait même ressenti une espèce de sentiment de solidarité masculine pour son vieux collègue. Parce que dans vingt et quelques années, qui sait si une Lumineuse à la nationalité exotique ne dirait pas dans un sourire méprisant : « Il y a longtemps qu'il ne peut plus... » Quoi, salope ! On ne vous a pas assez gâtée, pas assez baisée... ? Si la queue d'un homme moyen, d'une fourmi laborieuse, réussit à tirer un certain nombre de coups dans une vie, que dire alors de celle d'écrivains curieux qui ont fait la guerre et s'en paient encore plus volontiers que les autres... ? D'un autre côté, allez savoir, peut-être David ne s'était-il jamais distingué par la productivité de sa bite... ? Pourtant la vie sexuelle des hommes ne s'arrête pas à soixante-dix ans. Il se souvint de l'entraîneur de boxe, un ancien poète imaginiste, ami d'Essenine, qui avait vécu avec lui dans un appartement près des Portes Rouges à Moscou. Sa femme, trente-huit ans, se plaignait de ce que « ce chien », à soixante-quatorze ans, ne la laissât pas dormir, la collât, voulût tirer un coup...

— La voilà.

Les lèvres du vieil écrivain s'effilèrent en deux moitiés confuses et il se leva en rajustant sa veste blanche à poches plaquées, un article signé Pierre Cardin. Son cou se tendit de tous ses tendons dans le nœud de son foulard, sa pomme d'Adam fit quelques va-et-vient convulsifs comme le piston d'une maquette de moteur

129

automobile dans une auto-école, ses pieds et ses chaussures s'avancèrent rapidement de dessous la table et leur propriétaire les planta dans la sciure sur les fausses dalles de marbre, en faisant une courbette. Un mâle venant de voir une femelle.

Toute la salle observait l'arrivée de Lumineuse. Les gens n'ont jamais rien à faire et sont toujours à l'affût de la moindre occasion de se distraire. Elle avait fait son entrée en chapeau couleur lilas, composition florale autour du tulle et voilette lui arrivant au bord de la lèvre supérieure. On trouve de ces chapeaux chez les modistes parisiens, mais il faut malgré tout un certain courage pour oser se les planter sur la tête et sortir comme ça dans la rue. Il n'y a donc que Lumineuse et encore une dizaine d'autres dames tout aussi courageuses qu'elle pour se balader avec ces constructions étranges sur la tête. Sa robe noire et lilas n'était pas moins irritante. Ses seins nus reposaient dans des calices de dentelles noires ; ils étaient accessibles aux regards ainsi que tout son flanc gauche en incluant des endroits que cache habituellement le slip. En bas, ses jambes et ses genoux faisaient bouffer une écume de dentelles noires et lilas, en esquissant une sorte de tsigane espagnole.

— Baby. (Smac.)

— Bonsoir papa. (Smac-smac.)

Nom de Dieu, elle l'appelait « papa » et lui « baby ». De toutes les variantes possibles de petits mots gentils, ces deux tordus avaient choisi les plus courants.

— Salut. Bien sûr, tu ne peux pas te lever pour saluer une femme...

Sa voix était méchante. Je me levai paresseusement de mon tabouret, exprès.

— Je me lève pour saluer une femme.

— Tu ne seras jamais un gentleman.

— Surtout pas. Ça doit être un métier horriblement ennuyeux, pire encore que celui d'écrivain.

Mon vieux collègue lui céda sa place. Elle piqua telle une grande mite sur le siège dans un bruissement de tissu. David Hemingway piétinait, ne sachant trop que faire après. Il comprit et prit un tabouret à la table voisine. Il s'assit. Il la regarda, puis regarda son jeune collègue.

Elle repoussa d'un air dégoûté le verre et la bouteille vers l'Hemingway juif.

— Vous tétez du whisky... Pouah...

Elle allait maintenant exiger du champagne. Je n'en doutais pas. La femme russe veut toujours du champagne. En hiver et en été, la nuit et le jour, en ville et à la campagne.

— Une bouteille de dom-pérignon, fit David à notre serveur en smoking.

Elle avait déjà réussi à le dresser. Hemingway ne lui demandait déjà plus ce qu'elle voulait téter.

— Alors les hommes, vous discutez ?

Satisfaite à l'idée de boire de ce précieux liquide acide et pétillant, bien glacé, elle s'appuya contre le dossier de son siège et nous regarda moi et le vieil Hemingway par-dessous son chapeau. Avec condescendance. Ses yeux gris sombre passaient sur nos deux personnes avec le même dédain. Je n'avais pas d'argent et je n'étais pas connu. Il avait de l'argent et il était connu. Certains de ses livres avaient donné naissance à des films, mais il était vieux, « il y a long-temps qu'il ne bande plus... ». Je me dis à nouveau que moi aussi je serai vieux, je songeai à ma sexualité future et je le regardai chaleureusement et elle méchamment.

— Quoi ? demanda-t-elle inquiète.

Je ne me serais pas gêné mais il comprenait le russe. Je ne savais pas très bien pourquoi il l'avait invitée.

— Je suis content de te voir, dis-je.

Et je la regardai comme elle nous regardait, avec condescendance. Pour qui se prenait-elle d'ailleurs, même si une peau très blanche qu'elle ne faisait jamais bronzer tendait les muscles de son beau visage, de son cul, de ses jambes et de toutes les autres parties de son corps que les hommes fouillaient des yeux et des mains. Dans la société européenne repue, il y a de plus en plus d'exemplaires du sexe féminin agréables aux yeux et aux doigts. La quantité déprécie la qualité.

— Je vois. (Et, à Hemingway...) Que vous êtes beau aujourd'hui, papa... Bronzé, rajeuni. Votre veste blan-che vous va à ravir.

Amabilité mondaine et désir de m'agacer. Elle était sûre que j'étais amoureux d'elle. Comme lui, comme toute la gent masculine de la salle, au moins.

Papa se leva et se pencha pour embrasser la main de Lumineuse. Papa malgré sa vie d'écrivain-soldat-époux n'avait pas perdu l'esprit, il continuait à tourner autour des femmes, avec insistance, si l'on en jugeait à ses suppliques téléphoniques pour notre rencontre d'aujourd'hui. Et il aimait toujours le même type de femmes. Extravagantes. Sa dernière épouse, une actrice qui s'était récemment suicidée et lui avait tourné les sangs, était une psychopathe. « Taré, où est-ce que tu vas encore te fourrer ! » aurais-je voulu dire à mon vieux collègue. « Oui, cette douce bête sauvage à chapeau va te trancher la gorge d'un seul coup d'un seul. » Je l'avais vu caresser de ses gros doigts couverts de poils gris sa main fine baguée dont il avait chanté la beauté dans les deux bars précédents. « Il n'y a presque plus de femmes pareilles », affirmait-il. « Mondaine et charmeuse. Grandeur d'âme naturelle. Finesse des os. Et ses mains ! Quelles mains ! Une aristocrate ! » Elle lui avait raconté qu'elle avait des origines nobles. Que du sang bleu coulait dans ses veines. S'il avait vu sa mère à Moscou, elle ressemblait à une grosse marchande de poisson ! Je l'avais vue, mais je ne voulais pas le décevoir. Je ne lui rappelai pas la règle de la nature qu'il connaissait certainement, que ces filles-là poussent sur des terrains vagues au sol plus fangeux que noble. Les aristocrates, après plusieurs générations, sont hideux, comme un péché mortel... Je me souvins d'un ami que j'avais eu à l'hôpital psychiatrique, Grichka. C'était un gars de la campagne. Un paranoïaque. Il était beau comme le dieu grec Apollon. Ce n'est pas une comparaison éculée que l'auteur jetterait par inadvertance dans le texte, mais une véritable et étrange énigme de la nature. Le nez, la forme de la tête, les boucles claires, les muscles de ce jeune homme de dix-sept ans venant d'un minuscule village ukrainien où les isbas avaient des toits couverts de chaume, appelaient aussitôt la comparaison avec les célèbres statues du célèbre dieu. Plus tard, je vérifiai, dans la grande Rome, ses mensurations. Grichka le fou se promenait nu. Les médecins, les infirmiers, les malades mentaux intellectuels en étaient tous arrivés à penser qu'Apollon était enfermé là, dans le pavillon 4, celui des fous dangereux. Nous étions fiers de lui.

Je refusai le champagne et attirai avec plaisir vers moi la bouteille de whisky, tandis que le couple s'occupait du dom-pérignon.

— Tu te prépares à devenir écrivain ? me demanda-t-elle, caustique. Tu te dépêches d'attraper la maladie professionnelle, l'alcoolisme ? Ton livre sort bientôt ?

— En novembre, annonçai-je, laconique, et je me versai du whisky.

Je ne m'entraînais pas à l'alcoolisme, j'essayais d'être « cool ». Rejeté des Etats-Unis, j'avais quand même eu le temps d'emprunter beaucoup à cette partie du monde. Etre cool était bien plus sain que se fâcher, faire un scandale, dire des grossièretés comme le font souvent mes ex-concitoyens expansifs.

— Buvons à la Russie ! Au pays qui engendre d'aussi belles femmes ! lança papa qui s'était tourné vers moi avec son verre plein de champagne.

Le champagne avait une couleur d'huile d'olive. Poli et entraîné, je levai mon whisky, je savais déjà qu'il aimait trinquer, je heurtai mon verre épais à son verre fin. Elle but également à la Russie qui engendrait des femmes aussi belles qu'elle. Avec un sérieux admirable, sans un sourire.

Ils parlaient en français émaillant leur discours de phrases en russe, je les observais et m'efforçais de participer le moins possible à la conversation. J'étais assis là, et pensais tout doucement à la vie, au temps où j'étais son amant, à ce que nos routes s'étaient séparées parce qu'elle avait un caractère vif et entêté, nous nous étions séparés au bout d'un combat épuisant. Je lui rendrais justice dans mes tentaculaires études philosophiques en attente pour lesquelles le whisky, la fumée des cigarettes, le piano docile sous les doigts du pianiste qui choisissait des morceaux de jazz que je ne connaissais pas, ses yeux qui de temps en temps me fusillaient par-dessous son chapeau, sa question à elle ou sa question à lui, me serviraient de matériau.

— Combien ? demanda une voix dans mon dos, une autre bougonna un chiffre confus.

Combien ? Quelques années. Quatre ans. Plus. Presque cinq. Nous nous étions séparés. Elle avait quelque chose. Une humeur joyeuse peut-être ? Oui, c'est ça. Et aventurière. Sans parler de son physique. Mais « belle » n'était pas le mot. Pourtant elle était belle. « Femme fatale » ? Oui. Précisément. Et si elle ne l'était pas pour moi, elle l'était pour mon vieux collègue. Un esprit secret. Plus ses toilettes. Et ses chapeaux admirables.

Papa avait beau répéter encore et encore qu'il était russe, il ne comprendrait jamais, pourtant c'était simple. J'avais vu sa mère, son premier mari, je pouvais m'imaginer d'où elle venait et où elle allait. Pour l'érudit papa, elle était à la fois Nastassia Fillipovna, Sonetchka Marmeladova, Natacha Rostova et Anna Karenina. La somme de toutes les âmes féminines russes, méchantes, belles et effrayantes le fixait dans ses yeux gris sombre qu'elle savait fort bien utiliser. Ma Lumineuse était plus simple. Pour moi, elle venait d'un appartement communautaire de l'Arbat.

Papa hoqueta et, dénouant le foulard qui serrait son cou, s'excusa.

— Pardon.

Elle, qui avait sans peine acquis un vernis de politesse, fit semblant de n'avoir pas entendu ce bruit pourtant fort. Papa est gentil, me dis-je en vidant mon verre. Et d'ailleurs que possédons-nous dans la vie, pauvres de nous ? Papa pouvait encore durer une dizaine d'années. Peu probable qu'il puisse cependant jouir de ce temps restant. Le poids de la vieillesse pesait déjà lourdement sur lui et la mort apparaissait parfois en rayons X derrière ses épaules, dans le piano-bar. Lumineuse, à en juger, serait son dernier amour. Possible que poser sa main lourde, gonflée par la vie, couverte de poils gris, sur ses seins blancs lui procure une joie infinie... Demain, j'achèterai une nouvelle serrure... Moins souvent maintenant, Lumineuse venait chez moi au beau milieu de la nuit, elle faisait irruption, faisait du bruit, riait, exigeait amour et attention. Maintenant, il me faudrait renoncer pour lui à ses visites qui faisaient exploser mon existence assez solitaire... Dommage... Non, je n'achèterais pas de serrure, pourquoi devrais-je être généreux...

C'était stupide, tout le romantisme de l'Hemingway juif, toute la soif animale de vie de Lumineuse, toute mon ambition d'ancien provincial qui avait longuement cheminé par les pays et les continents avant de trouver son premier éditeur, ma solitude, leur désir, tout se réduisait à un simple dilemme ménager : irai-je ou non dans le sous-sol du BHV acheter une nouvelle serrure ? Avais-je réellement besoin d'une serrure à ma porte, à travers les fentes de laquelle on pouvait tranquillement observer la cage d'escalier et voir les étudiantes et les baby-sitters grimper au dernier étage ? Le vieux délirait, pourquoi l'écouter ? Il lui semblait que j'étais son rival, mais c'était une absurdité romantique qui faisait partie du répertoire de sa génération. Tous les deux, lui et moi, n'étions que des parcelles de sa vie. Elle en avait d'autres. Supposait-il que si elle arrêtait de débouler chez moi au milieu de la nuit, elle viendrait chez lui, dans son grenier bien aménagé de Sèvres-Babylone ? Non, papa. Elle te garderait pour les sorties dans les cabarets chers ou pour des sorties dans des endroits semblables à celui dans lequel nous nous trouvions maintenant, où un verre, si je ne me trompe, coûte cinquante francs et où je ne saurais dire combien coûte une bouteille de whisky ni la bouteille de dom-pérignon qu'ils avaient déjà vidée. Sans doute deux fois plus que mon loyer mensuel.

Hemingway s'excusa et s'éloigna de sa démarche de vieux marin vers les toilettes et le téléphone.

— J'ai l'impression que tu es de mauvaise humeur. Qu'y a-t-il ?

Voix d'infirmière qui vient juste d'arracher un marin à demi calciné à une embarcation en flammes. Quand elle veut, elle sait.

— Je ne comprends pas très bien quel est mon rôle dans ce spectacle démodé ? Cela fait une semaine qu'il se lamente et me demande de me passer de toi.

137

— Et que lui as-tu répondu ? (Intonation très inté-
ressée.) Tu as refusé, bien sûr ?

— Comment peut-on refuser quelque chose qui ne
t'appartient pas, hein ? Tu peux te passer de moi, si
tu veux.

— Donc tu te passes de moi ?

— Ecoute, ne me cherche pas. J'ai juste expliqué
à ce lunatique que tu étais un être sauvage et que tu
n'appartenais à personne, que tu allais où tu voulais.
Et que je n'avais aucune influence sur toi.

— Si. Une grande.

— Moi ?

— Oui, toi.

— Je m'attendais à tout sauf à ça. Ça, c'est une
surprise. Je me considérais plutôt comme ton ami
d'enfance. Je pensais qu'étant ton ami d'enfance, j'avais
quelques privilèges indiscutables. Par exemple, celui
d'écouter tes histoires d'amour avec tous leurs détails
agréables ou désagréables du genre de ce dernier, de
celui qui était en frac et de celui qui te tenait par le
bras, lequel des deux avait l'odeur la plus agréable et
la plus belle queue... Mais d'influence... As-tu seulement changé une seule fois d'intention après avoir
discuté avec moi ?

— J'ai changé. Je t'ai trompé...

— Tu m'as trompé ! ? Tu ne pouvais pas me tromper puisque je ne t'ai jamais crue.

— Ma langue a fourché. Je n'ai pas du tout dit ça.
Ne déforme pas ce que je dis.

— Je comprends, tu as fait un lapsus, mais sérieux,
ne tourne pas trop la tête au vieux, hein ? Nous serons

tous vieux, et je suis triste de voir en lui ce que je serai un jour.

— Je ne vieillirai pas. Je me suiciderai avant.

J'éclatai d'un rire ironique appuyé. Un jour, elle m'avait dit que comme elle était incapable d'écrire des livres ou de peindre des tableaux, et qu'elle pratiquait en échange l'art de la vie, j'étais son représentant, son remplaçant dans le monde de l'art. Que donc, elle voulait me protéger. Me protéger ? J'avais accepté en riant à ce moment-là. Maintenant ma protectrice me faisait part de son désir de se suicider lorsqu'elle deviendrait vieille. Elle avait vingt-sept ans.

— Le hic, darling, c'est que tu auras toujours l'impression de ne pas être vieille. Pas assez vieille en tout cas pour te suicider.

— Ne m'appelle par darling. C'est vulgaire. Dans tous les films, il l'appelle « darling ».

— Bien. Lumineuse, comme t'appelle notre ami commun David.

— Aussi drôle que puisse te sembler l'adjectif « lumineuse » que notre ami a transformé pour moi en nom propre, c'est une invention personnelle. Toi, malgré tout ton talent, tu n'es jamais allé au-delà du vulgaire « darling ».

— Ma relation avec toi est aussi superficielle que la tienne avec moi. Est-ce que tu ne te mettais pas en colère, est-ce que tu ne renâclais pas lorsque je manifestais un peu trop d'intérêt, à ton goût, pour ta vie. Tu n'as jamais répondu à mes questions : « Où étais-tu ? » ou « Qu'est-ce que tu faisais ? » quand je te les posais. Si je ne te les posais pas, tu racontais tout et tu te serais vexée si je ne t'avais pas écoutée avec suffisamment d'attention. Tout ce que tu veux de moi et des autres, c'est une attention constante à ta personne. Une fois que tu l'as, tu te détournes en marquant ton indifférence.

— C'est faux.

Elle boudait. Son nez, sur l'aile duquel au printemps, je le savais, apparaissaient de drôles de petites taches de rousseur, se plissa. Si elle n'avait pas eu de con, me dis-je, elle aurait été quelqu'un d'extraordinaire, une bonne amie, une bonne camarade.

— Tu m'es très proche. Je suis tes succès comme si c'étaient les miens. Je sais que tu seras un très grand écrivain.

— Que Dieu t'entende, fis-je.

Je me soulevai de ma chaise d'où je glissai sous l'influence du whisky et promenai mon regard sur le bar.

— Un grand écrivain ? Sûr. Mais qu'est-ce que ça changera ? Est-ce que cette fille à la table voisine qui étale sa très belle jambe gainée d'un bas noir me regardera différemment ? Sera-t-elle plus accessible ?...

Lumineuse jeta un regard de connaisseur sur la beauté rousse de la table voisine. La fille, grande, cheveux roux clair, visage simple et larges lèvres vulgaires, était sans doute allemande ou hollandaise.

— Quelconque... fit Lumineuse à contrecœur. Elle n'a pas une très belle peau. Quand tu seras un grand écrivain, tu seras irrésistible. Je te conseille juste d'être un peu plus cynique.

— J'essaierai, promis-je et je ris.

140

— J'ai téléphoné au Raspoutine. (David qui était revenu fumait un cigare.) On nous attend... Venez-vous avec nous, mon jeune collègue ?

— David, vous êtes extraordinaire !

Lumineuse se leva et embrassa la barbe grise et soignée de David.

— Merci pour l'invitation, mais je ne peux pas. On m'attend...

Je mentis à la fois pour agacer Lumineuse et me débarrasser de l'euphorie ethnographique de la célèbre boîte de nuit « à la russe ». Et puis David, me semblait-il, n'avait pas mis beaucoup d'entrain à son invitation. Il voulait rester avec elle.

— Un rendez-vous ? A deux heures du matin ?

Lumineuse, incrédule, me regarda dans les yeux. Je me levai. J'embrassai sa joue parfumée après m'être griffé le sourcil au rebord dur de son chapeau.

— Tu vas baiser ? murmura-t-elle moqueuse.

Je serrai la main de David.

— J'ai compris. Je ferai tout ce qui est en mon pouvoir, dis-je.

Sa main me répondit par une pression forte et amicale.

— Merci.

Je grimpai vite les marches de bois peintes en noir du piano-bar et laissai derrière moi la fumée des cigarettes, l'agréable odeur de l'alcool, le swing et la voix rauque du chanteur.

Le lendemain, j'achetai au BHV une serrure avec deux pênes de bronze ; j'y laissai cent cinquante francs,

141

ce qui correspondait à ce que je dépensais habituellement pour une semaine de nourriture. J'avais promis au vieux. En rentrant, je m'apprêtais à enlever la vieille serrure de la porte et à y visser la neuve, lorsque je réalisai que je n'avais pas de tournevis. Eh merde ! Je jurai et décidai de retourner au BHV. A ce moment-là le téléphone sonna. On m'appelait de l'autre côté de l'Atlantique. A ma demande, j'interviendrais dans un certain nombre d'universités. On m'avait même déjà envoyé le billet. Je jetai dans mon sac de sport bleu marine les quelques dizaines d'objets indispensables à tout voyageur en déplacement et quittai mon studio. La serrure de bronze neuve, déballée et graissée, resta sur la table.

Je rentrai à Paris fin novembre. Parmi les nombreuses lettres remplissant ma boîte, je découvris des cartes exotiques que Lumineuse avait postées de Singapour, de Bangkok et du Guatemala. Rien de cohérent. Pour l'essentiel, des exclamations marquant son ravissement pour ses séjours dans ces lieux lointains et brûlants. Ces cartes me firent sourire.

Mon studio était triste et poussiéreux. En quelques mois, la poussière s'était déposée en une couche épaisse sur les parties graissées de ma serrure neuve. Je l'enlevai de la table et la fourrai avec des papiers dans l'une des vieilles armoires dont était abondamment pourvu mon meublé. J'avais autre chose à faire que de m'occuper de la serrure. Je m'assis sur une chaise métallique qui eût été plus à sa place au jardin du Luxembourg — j'en avais six — et téléphonai chez mon éditeur. Grâce à Dieu, mon livre — le joyau de mon âme — se portait bien. Il devait sortir sous peu. Je me mis à faire la poussière.

La nouvelle du suicide du vieux David Hemingway fut annoncée dans la revue où je découvris la première critique de mon livre. Le destin adore ce genre de coïncidences. Le vieillard s'était tiré une balle dans la tête avec un vieux Mauser qu'il avait gardé de sa première guerre. On écrivait qu'il traversait probablement depuis quelques mois une profonde dépression tant artistique que personnelle. L'auteur de la nécrologie n'en savait pas plus que moi sur les causes de sa dépression. On rappelait l'histoire de sa dernière femme qui s'était suicidée quelques années auparavant et on se demandait si les deux suicides n'étaient pas liés. Mon vieux collègue, sa barbe grise dans sa main, me regardait. Coquet, très écrivain. On rapportait aussi le témoignage d'un de ses amis proches à qui il aurait un jour déclaré son intention de se suicider à l'approche de la décrépitude.

Je quittai le portrait de l'écrivain mort pour retourner à la critique de mon premier livre vivant et la relire avec plaisir. On me louait en latin, on m'écorchait au passage en gaulois en me comparant à Henry Miller qui avait débuté quelque quarante ans plus tôt. Qu'eût dit mon collègue s'il avait été vivant ? me demandai-je. Intéressant aussi de savoir pour qui il me prenait, pour qui il m'avait pris alors qu'il n'avait lu aucun de mes paragraphes ? Pour celui qui baisait la femme qu'il aimait ? Pour un baiseur qui se serait camouflé en écrivain ? Sans doute tout ça... Le vieillard à la barbe grise s'étala soudain sur la page entière et me

143

fit un instant penser à mon père que je n'avais pas eu le temps de connaître. Qui était-il, mon père ? Nous n'avions jamais eu le temps de parler, nous nous étions simplement fâchés à mort pour des choses sans importance, pas une fois nous ne nous étions assis ensemble, n'avions parlé de mortel à mortel. Je vis ainsi avec une image fabriquée à la hâte de mon père sans doute très éloignée de la vérité.

Il me restait à savoir si Lumineuse était mêlée au suicide de David dit Hemingway et si oui, jusqu'où. Son nom n'était pas mentionné dans l'article. Je dus attendre. Elle ne revint à Paris qu'au printemps suivant. Assis dans le bar de l'hôtel Plaza Athénée, je lui posai la question.

— Ah, David ! s'anima-t-elle. Il s'est suicidé ?... Oui, oui, on m'a dit qu'il s'était suicidé, je m'en souviens... Que te dire ? Je serais évidemment très flattée qu'un écrivain se soit suicidé à cause de moi. Mais... entre nous... (elle but son « coup de champagne » et me regarda durement, comme un homme) je ne pense pas qu'il se soit tiré une balle dans la tête à cause de moi. Plutôt pour des raisons globales. A cause de la vie, qui raccourcissait, parce que tout était devenu insupportable, ennuyeux, mais peut-être l'était-ce déjà avant... Peut-être parce qu'il ne pouvait plus rien faire lorsqu'il avait réussi à mettre une femme dans son lit, juste tripoter...

Elle me sourit du sourire impitoyable de la femme qui a tout vu et n'a plus aucune illusion.

— Regarde le petit à la table d'à côté, ses sourcils, sa bouche. Mignon...

La plus belle main du monde aux veines fines qui commençaient déjà à se gonfler sauta soudain en avant, arracha au vase une grosse rose rouge et l'apporta d'un geste brusque à son visage. Elle plongea le nez dans son cœur doux. Ses yeux gris sombre de porcelaine firent le tour de la salle et, après s'être posés sur le jeune homme à grande bouche de la table voisine, se rétrécirent, tels ceux d'un rapace.

Portrait d'un ami assassin

Aliochka Shneierzon m'apparut pour la première fois à l'hôtel Winslow, dans la chambre de mon voisin Edik Brutt ; une grasse et extraordinairement laide ex-victime du régime soviétique. Il mâchait négligemment du riz. Il essuya sa main contre sa cuisse rebondie serrée dans un jean crasseux et me la tendit. Nous fîmes connaissance. Fessu, ventripotent, bigleux, les dents en désordre, il s'inscrivait de manière étonnante dans le paysage new-yorkais, et si je l'avais rencontré dans la rue, je n'aurais jamais pensé que cet oncle Frankenstein pût être Russe. Les êtres difformes de ce genre ne sont pas rares dans la mégalopole. Ils semblent nés des amours d'une clocharde soûle et d'une poubelle de Down-Town. « Quel monstre ! », m'étais-je dit.

Et pourtant Aliochka était le fils d'un professeur de Moscou. Il avait d'abord été interné dans un asile psychiatrique, puis dans un camp. Là, il avait fait la connaissance de Vladimir Boukovski, qui devint alors pour Shneierzon tout simplement Volodka. Je ne connais ni le diagnostic qui conduisit Aliochka à l'asile, ni l'article du code pénal qui le jeta dans un camp. Je n'ai guère l'intention de faire des recherches à ce sujet, tout ce qui est arrivé à Shneierzon avant notre rencontre est sans intérêt pour notre actuelle investigation. Bref, à Moscou, Shneierzon était considéré comme un dissident, et il s'était débrouillé pour arriver en Israël dans ses vêtements du goulag. Comment avait-il pu faire passer au travers de la sourcilleuse douane soviétique ses vêtements de camp ? Et d'abord qu'est-ce que l'uniforme des goulags ? Existe-t-il vraiment ? Je sais qu'il existe une vareuse de camp, mais elle ne se différencie par aucun de ses boutons de la vareuse d'ouvrier de l'époque khrouchtchevienne des glorieuses années cinquante ou soixante. C'est une veste molletonnée noire, qu'un punk londonien lui aurait enviée il y a dix ans. Pierre Cardin, je crois, en confectionne actuellement avec succès (en nombre limité cependant !!).

Je sais parfaitement qu'on ne distribue pas de vêtements rayés dans les camps soviétiques ; ce n'est en effet pas la Guyane du temps de Papillon. Bref, le diable sait avec quels vêtements Shneierzon était sorti de l'avion. Peut-être avait-il tout simplement emporté avec lui une vareuse ordinaire et s'était-il, pendant le vol, collé un numéro sur le dos au crayon indélébile, sur un bout de chiffon blanc ? Il avait certainement déjà, comme j'ai pu m'en rendre compte par la suite, le sens de la publicité et de la créativité.

Il ne faut pas casser de sucre sur le dos d'un homme sous prétexte qu'il est monstrueux, louchement, sinistrement monstrueux, m'étais-je dit. C'est le cinéma, le coupable ! La plupart des films nous montrent des types de ce genre, un pied martelant l'asphalte, et l'autre s'en rapprochant de manière plus ou moins normale ; ils ont des tailles plus larges que le cul (un cul extraordinairement gros), et le bout d'une courroie pendouille près de leur poche ; à la fin du film, ils commettent immanquablement des crimes horribles. Seuls quelques films nous parlent de Quasimodo capable d'aimer Esmeralda ou de Woody Allen devenu l'époux de Diane Keaton.

Sans attendre, Shneierzon contredit son image de marque. Ayant appris que j'avais en même temps perdu mon travail, mon appartement et la compagne de ma vie, il m'entraîna à la direction du Welfare et, sans la moindre gêne, dans un anglais épouvantable, grinçant comme une automobile écrabouillée sous une presse, expliqua aux fonctionnaires pépères, aux énormes employées-mamies noires, combien mes affaires étaient au plus bas. « Ce gars " dont't know english ", sa femme l'a laissé tomber et il a tenté de se suicider. » Pour le prouver, il me poussa en avant vers les agents de la fonction publique. Aujourd'hui, les fonctionnaires du Welfare rigoleraient bien et nous enverraient au diable, mais à l'époque nous étions d'inhabituels oiseaux rares ; ils ne nous comprenaient pas et nous accordaient le Welfare en un clin d'œil.

Quand les Américains eurent achevé les formalités, nous sortîmes de ce local puant (la ville était alors

149

au plus fort de la Dépression, les édifices publics n'étaient plus entretenus, ils puaient et pourrissaient de l'intérieur). Shneierzon claqua la porte d'un coup de pied et m'envoya une grande tape dans le dos : « Mon vieux Limon, tu me dois une bouteille avec le premier chèque du Welfare ! » Je notai sa jubilation, comme celle d'un avocat qui vient de gagner un dur procès. Au fond de sa bouche, émergeant d'une écume de salive, ses dents métalliques à moitié mangées étaient éblouissantes.

Mon cœur (ou l'organe qui exprime la reconnaissance) débordait de gratitude pour Shneierzon. Je n'osais pas, même alors, embrasser le monstre, mais je lui étais reconnaissant de m'avoir sauvé de la nécessité de... Non, pas de la nécessité de travailler... Je n'ai jamais craint le travail, j'ai toujours accompli des tâches variées avec bonne volonté et abnégation. Shneierzon me sauva de la nécessité de voir des gens. J'ai toujours eu du mal à rester longtemps avec des gens ; ils me fatiguent. Il faut parler, répondre, les regarder, réagir à leurs propos. Je tenais donc, en général, plus longtemps dans des emplois où il n'y avait pas beaucoup de monde. C'est aussi la raison pour laquelle, à l'usine, je demandais la troisième équipe. En cas de malheur, je préférais me cacher. Mes relations avec les services du Welfare se limitaient à deux visites mensuelles à l'office de Broadway pour percevoir mes chèques. Une fois par semestre, j'étais convoqué à un court entretien qui avait pour but de me remonter le moral, de me secouer. « Cherchez-vous du travail, mister Savenko ? — Sure, miss, I look for job. I very look for job. » Progressivement, il me fallut cacher aux inspecteurs du Welfare la progression incessante de mes connaissances en anglais. « Je ne comprends pas. » L'inspecteur, quand cette comédie le lassait, s'autorisait à déclarer (sans méchanceté et avec le sourire) : « Vous mentez, monsieur Savenko, vous comprenez tout. » Mais moi, je suivais ma ligne : « No, I don't understand !... »

Qu'est-ce que j'en avais à foutre de « look for job » ! Je bus avec Shneierzon une bouteille, et nous en bûmes encore beaucoup d'autres. Je me mis à l'appeler Liochka, m'habituai à son physique, ne sursautai plus à son rire crépitant, et entrai même dans son « affaire » ! « Puisque nous sommes là, il faut se faire du fric, les gars !! En Amérique, tout le monde fait du fric ! »

Les gars, c'est-à-dire moi et Edik Brutt l'endormi, fil de moustaches sous le nez, étions assis chez Edik, dans sa chambre de huit mètres carrés, la mienne n'en faisant que six.

— Réfléchissez ! (Shneierzon ôta ses lunettes — elles avaient un pansement à la racine du nez et une fêlure brillante traversait un des verres — pour ramasser avec son doigt une giclée de tomate qui venait de l'éclabousser. J'ai oublié de vous dire qu'il n'était pas seulement bigleux, il était aussi myope.)

— Le fric, c'est l'agitation... Les Américains sont cinglés, et toi, Liochka, tu voudrais devenir comme eux, fit tout doucement Edik. Il faut pas, Liochka !

— Je suis déjà fou ! déclara Shneierzon dans un rire baveux.

Il se moquait d'Edik mais dans le fond le respectait.

Moi aussi d'ailleurs je le respectais. Il vivait comme un saint parmi nous. Nous voulions tous quelque chose : de l'argent, des femmes, de la vodka, une auto, un costume, la gloire. Lui, il faisait cuire son riz et se taisait, souriant parfois de ses moustaches blanc-roux. Sa seule passion connue était le cinéma.

— Limon, tu viendras avec moi demain déménager l'office youpin ? Trois dollars de l'heure !

— C'est Aïda Solomonovna qui t'a trouvé ça ? demanda doucement Edik. C'est une brave femme...

— C'est pas du tout Aïda Solomonovna, se fâcha Shneierzon, mais le rabbin Rozenblum.

A un moment, Edik et Shneierzon avaient été sous tutelle de l'organisation juive Nayana. Cette organisation aidait les Juifs soviétiques à trouver du travail et un appartement et, dans le même temps, les entraînait dans le réseau des communautés religieuses israélites. On leur payait même la circoncision ! De même qu'un teenager grandissant n'aime pas sortir dans la rue avec sa maman ridée, de même Shneierzon n'aimait pas qu'on lui montre, traînant par terre, le cordon ombilical qui le reliait à Nayana. Aïda Solomonovna, que je n'ai jamais rencontrée, était une mère compatissante pour toute cette turbulente tribu soviétique, pour les gangsters débutants et pour les futurs honnêtes filous-businessmen.

— Je viendrai, répondis-je. Mon dernier chèque est sec.

— L'office se trouve dans la 42e rue, entre la 5e avenue et l'avenue d'Amérique. Il n'y a rien de

152

lourd, je suis déjà allé voir. Des tables, des chaises, des classeurs. Il y a un monte-charge.

Shneierzon prétendait toujours qu'il n'y avait rien de lourd. Et sur place on ne trouvait toujours que des objets pesant bon poids. Les tables étaient en blindage de char, les chaises en feuille d'acier...

— J'espère qu'il y aura des chariots ! Qu'il ne va pas falloir tout sortir à bout de bras, comme la dernière fois !

— Il y aura des chariots, Limon, je te le promets. Je loue même des chariots dès maintenant avec le camion. Il vaut mieux payer deux dollars de plus, que de se faire une hernie !

Le businessman débutant Shneierzon s'était choisi le business le plus anarchique. Il y avait des centaines de réclames de compagnies de transport dans chaque journal new-yorkais. Heureusement, personne encore n'avait songé à monopoliser ce business, de sorte que Shneierzon avait pu se faire un trou avec sa compagnie fantôme « Flying movers ». En fait, il n'y avait pas de compagnie. Après avoir travaillé quelque temps comme camionneur chez un autre businessman débutant, un ex-matelot soviétique se prénommant John, Shneierzon avait décidé de créer son propre business. N'ayant pas d'argent, à la différence de John, pour s'acheter un camion, il en louait un chaque fois qu'apparaissait un client. Il n'avait alors pour seuls clients que les communautés religieuses juives et les entreprises liées à ces communautés. Partant en opération, Shneierzon n'oubliait jamais d'épingler sur son crâne recouvert d'un rare semis de cheveux une calotte noire.

« Ils me payeront plus », prétendait-il, et je pense qu'il était dans le vrai. Et puis, avec sa calotte, il avait un air plus engageant, moins assassin de cinéma que sans. Les premiers temps, il avait même essayé de m'obliger à recouvrir mon crâne d'une calotte identique, mais je refusai tout net. Maintenant, cette intransigeante bêtise m'étonne moi-même. J'ai peut-être empêché Shneierzon de gagner dix dollars supplémentaires.

Je compris qu'ils m'étaient nuisibles. Je quittai le ghetto russe pour un autre hôtel où ne vivaient que des Noirs. Dans le ghetto noir. Cependant, de temps en temps, Liochka Shneierzon me demandait de l'accompagner au travail. La plupart du temps, il arrivait en camion à proximité de mon lieu de résidence dans le haut Broadway et m'appelait du hall. Une fois, il me demanda de me présenter chez lui, à cause du camion ; d'après ce que je compris, il ne pouvait plus rouler dans ma direction en descendant Broadway. C'était possible dans toutes les autres directions, mais pas dans la mienne. Il habitait lui aussi à Broadway, mais plus haut, dans la 127ᵉ rue, dans le Harlem espagnol.

Le camion était garé, roues sur le trottoir, portières grandes ouvertes, tout près de l'immeuble indiqué. Shneierzon s'affairait à l'intérieur, il pliait des couvertures et les attachait.

— Salut Limon ! me dit-il en regardant avec répulsion la pauvre 127ᵉ rue inondée de soleil. Sacrés culs noirs ! grogna-t-il en sautant lourdement du camion. Si jamais j'en attrape un, je le descends, en toute légalité. Et je me fous des conséquences !

— Qu'est-ce qui s'est passé ?

— Ils sont encore entrés dans l'appartement. Ils m'ont fauché le transistor. Je venais de l'acheter...

— Pourquoi diable t'es-tu installé dans ce quartier ? Tu dis que tu as de l'argent. Loue-toi un appartement dans un quartier correct.

— J'économise mes ronds pour un deuxième camion. Je veux créer une grande entreprise, pour ne plus rien foutre !

J'avais déjà rencontré pas mal de rêveurs de ce type. Ils étaient prêts à travailler le triple aujourd'hui pour ne rien faire demain. En attendant, ils étaient toujours en train de trimer. L'avenir oisif, quant à lui, ne donnait jamais de coups de bec dans la coquille de l'œuf dur d'aujourd'hui.

— Souffre en silence ! lui conseillai-je.

— Tu es un cynique, Limon. Viens avec moi chercher les chariots dans l'appartement.

Il claqua la portière du camion et y pendit un énorme cadenas. Il remarqua mon étonnement et m'expliqua.

— Peux rien laisser dans cette rue. Ils fauchent tout. Tu penses peut-être que je peux laisser le camion ? Zob !! Le matin, il n'aura ni roues ni moteur !

Il vivait au premier, c'est-à-dire au rez-de-chaussée français. La porte était recouverte d'une plaque de tôle rouillée. Quand il se mit à fourrager dans les innombrables verrous, j'entendis à l'intérieur un gémissement.

— C'est ton papa qui rentre, Lady... Couché...

— Tu as un bouledogue, Lioch ?

— Un berger allemand. (Il sourit largement.) La fillette a trois mois. Encore un peu et elle mordra les culs noirs.

— A première vue, ce sont plutôt des Latino-Américains qui habitent dans le coin.

— Ce sont quand même des culs noirs, Limon, ils ont le cul noir.

Une, odeur de merde de chien nous saisit. Une chienne déjà grande se jeta à nos pieds, avant de se dresser contre Liochka, debout, sur les pattes arrière.

— Tu as encore chié ? demanda-t-il gentiment. Mais tu viens de chier dehors à l'instant, Lady... Qu'est-ce que tu as bouffé ? Elle bouffe tout, se plaignit-il. Elle a même rongé une boîte d'huile de moteur. C'est peut-être à cause de ça qu'elle chie ?

— Je ne sais pas, fis-je. Emmène-la chez le vétérinaire.

Le logement ressemblait à un garage. Sur le sol et les nombreux poufs et divans fatigués, gisaient des entrailles huileuses d'automobiles. Je savais d'où venaient les poufs et les divans usés ; Shneierzon ramenait chez lui tout ce que jetaient ses clients en déménageant. La profusion de pièces mécaniques méritait une explication.

— Alors tu cumules dans la réparation auto ?

— Ah ! Ah ! Ah ! Mais non, Limon.

Il sortit du chaos éparpillé sur le rebord de la fenêtre un Big Mac et plongea ses dents dans la mie épaisse. La mayonnaise suinta des commissures de ses lèvres le long de son menton.

— Y a un gars qui va me réparer un moteur. Un

bon moteur... d'une vieille Studebaker. Tu te souviens des Studebakers d'après-guerre ? Le moteur est inusable. Il résiste aux siècles.

Il mâcha et articula.

— Je mettrai ce moteur sur un camion ; on peut toujours acheter pour presque rien une vieille caisse de camion. Le principal, c'est le moteur... Allons, viens, et prends le chariot, là-bas...

— Pourquoi diable gardes-tu ça à la maison ?

— Pour pas qu'on me le fauche, je t'ai déjà expliqué.

C'était clair ; puisqu'il ne pouvait pas remiser le camion chez lui, il se consolait en gardant là quatre planches sur roulements à billes.

— Où sont tes toilettes, Liochka ?

Il mâchait encore et me fit signe de la tête. Les WC étaient dans la salle de bains. Dans la baignoire, remplie de pétrole, s'amoncelait du métal rouillé. Je devinai que c'était la principale partie du célèbre moteur de la Studebaker. Le dépôt laissé par la rouille ne permettait pas d'apprécier les contours du moteur. Seules émergeaient du liquide corrosif des frisures de tuyaux comme celles d'un alambic à « samogon ».

— T'as salopé ta baignoire, jamais tu pourras la récupérer, lui dis-je en entrant dans le living-room.

— T'es bien propret, Limon ! Moi, je suis un conchieur. C'est mon destin d'être conchieur. A chacun sa spécificité.

— Tu l'es trop. Si par exemple tu invites une fille, elle aura peur et partira tout de suite.

— Elle ne pourra pas car je lui mettrai la main au

cul, dit-il en rigolant. Il y en a une qui me rend visite régulièrement, une Portoricaine... Maria Dolores. Elle ne s'enfuit pas.

Je pris le chariot et on sortit. J'essayai de m'imaginer Shneierzon nu, mais je m'apitoyai sur moi-même aussitôt et me le représentai en caleçon... Mais même comme ça, c'était un spectacle écœurant... Aussi lorsqu'assis dans le camion je me mis à penser à Maria Dolores, elle sortit de l'atelier de mon imagination sous l'aspect d'une vieille clocharde à jambe de bois. Et pourtant les Portoricaines peuvent être incroyablement belles. Quand elles sont jeunes.

Je fis la connaissance de Jenny Jackson et cessai de rencontrer les Russes. Comme si j'avais changé de classe de vie (ou étais entré dans une autre école). Les autres, et parmi eux Shneierzon, n'étaient pas passés, ils étaient restés dans la même classe, la même école. Une fois, à Broadway, j'aperçus Lionia Kossogor, toujours aussi voûté. En chapeau neuf, imperméable et cravate, Kossogor faisait endimanché. Occupé à observer le monde à travers ses lunettes, il passa à côté de moi sans me remarquer. Ex-prisonnier du goulag, il m'avait aidé à survivre aux moments difficiles, et j'éprouvais pour lui des sentiments chaleureux, je le mettais à part ; je le suivis et, à l'angle de la 47ᵉ rue et de Broadway, je le saisis par l'épaule.

— On va au bordel, camarade Kossogor ?

— Toi ici ? T'es fêlé, tu m'as fait peur...

— De qui a-t-on peur, cam'rade Kossogor ?

— Je pensais, voilà tout... Et toi, où as-tu disparu

depuis tout ce temps ? On dit que tu t'es marié, que tu t'es trouvé une riche bonne femme...

— Ce sont des bêtises. J'ai bien trouvé une Américaine, mais elle n'est pas riche. Vous avez l'air d'être pressé, Lionia ? On va quelque part, s'en jeter un et causer un peu ?

Il allait à la réunion d'un club littéraire ! Et c'était lui, Kossogor, qui était l'initiateur de ce club. Je savais que l'ex-prisonnier du goulag avait des ambitions littéraires, mais je pensais qu'il les avait abandonnées après avoir souffert, en son temps, toute une année sur un seul récit. Ce récit portait bien évidemment sur la vie du goulag. Cette année-là, Kossogor avait compris que l'art d'écrire n'est pas du pain blanc, comme il le pensait souvent. Avant, il me blâmait, moi et mes œuvres.

— Un jour, je me mettrai à la machine à écrire, et vous verrez. Moi, j'ai de l'expérience, une expérience que vous autres, papivores, n'avez jamais vue en rêve. J'y suis resté plus longtemps que Soljenitsyne. Dix ans, de la sonnerie d'entrée à la sonnerie de sortie ! Ouais, je vais écrire... Pas comme toi qui ne parles que de con ; il faut écrire des livres sérieux, sur des choses sérieuses.

— Le con est une affaire sérieuse, Lionia, avais-je répondu. Très sérieuse.

Je ne lui avais cependant pas dit que le talent ne se mesure pas à la durée d'un séjour dans les camps.

On entra dans un bar de la 49e rue. Ça ne me plut pas, c'était trop pauvre, ça sentait mauvais ; avec Jenny je m'étais déjà habitué à des endroits plus corrects, mais il ne voulait pas rater la séance de son club littéraire. Nous nous assîmes à la va-vite et commandâmes, lui une liqueur, moi un whisky J&B.

— Il faut, comprends-tu, vivre avec la culture, dit Kossogor, même si nous sommes dans un pays de sauvages. C'est pour ça que j'ai lancé ce club. Nous nous réunissons une fois par mois, discutons de la littérature actuelle. On exprime des opinions...

— Et buvez de la vodka... soufflai-je.

— Non, penses-tu ! Nous ne buvons pas de vodka. Tout est très sérieux. Aujourd'hui, par exemple, nous allons discuter du livre d'Axenov... Tu l'as lu ?

— Lequel ? Quel titre ? Il a beaucoup écrit...

— *Le Précipice* ? Non, je me trompe... *La Coupure* ?

— *Le Terril.* (J'éclatai de rire.) Vous vous souviendrez plus tard, racontez-moi plutôt comment vont vos affaires. Vous travaillez toujours pour B & B ?

— Oui, je bricole toujours pour Barney, j'en ai assez de cette boîte. Ras le bol... (Il but une gorgée.) Ça fait du bien, c'est sucré... Tout à fait une boisson de vieux.

— Pourquoi vous vous classez dans les vieux ? Vous n'êtes pas mal encore. Je suis sûr que vous n'arrêtez pas de courir les bonnes femmes !

— Question femmes, ce n'est pas un problème... Ce sont les rêves qui me torturent. Simféropol, les amis... Ou alors je rêve de mon camp. Le plus étrange, c'est que ce sont des rêves gais, pleins de couleur. (Il se mit à rire.) Il m'arrive de ne pas me réveiller à temps pour aller au travail à cause de ces foutus rêves colorés. Et Valeri, ce salaud de fils, a foutu le

160

camp de chez moi. Alors il n'y a plus personne pour me réveiller.

— Achetez un réveil !

— J'en ai acheté un, mais zob, il sert à rien. Ça me réveille, j'écoute la sonnerie, puis je me rendors... Maintenant, heureusement, j'ai pour voisin Liochka Shneïerzon. Il me réveille le matin. Il se lève tôt, comme il est dingue, il pense toujours à son argent perdu...

— Vous habitez donc dans le haut Broadway ?

— Moi ? Je ne suis pas fou au point d'habiter avec les bandits portoricains. Liochka s'est installé dans notre immeuble, à Astoria. Un logement s'était libéré à mon étage. Tout l'étage est russe maintenant.

— Je suis sûr qu'il a déjà tout conchié.

— Ouais, c'est un sacré dégueulasse. Par contre, avec lui, on est tranquille. C'est un vrai char d'assaut ! Nous pouvons maintenant organiser une défense tous azimuts ! Nous défendre contre n'importe quelle bande !

— Vous m'avez dit que chez vous, à Astoria, c'était peinard.

— Oui. Mais à tout hasard, avoir un voisin comme Liochka, ça ne gêne jamais. Il a du culot comme un tank. En plus, il vient de s'acheter un revolver. Il est devenu méchant depuis qu'il a perdu de l'argent pour son foutu chalutier.

— Quel argent, quel chalutier, Lionia ?

— Quoi, tu n'es pas au courant ? Je pensais que tout New York le savait !

— Ça fait un an que je ne parle plus russe, Lionia. Je ne vois personne.

— T'es con. Il faut toujours rester proche des siens.

De toute manière, tu ne deviendras pas Américain...

Je laissai passer la remarque ; il s'envoya une gorgée de liqueur, la fit transiter lentement par sa bouche et poursuivit.

— Tu te souviens de John, le biélorusse ? Tu faisais des déménagements avec lui...

— Comment pourrait-on oublier un pareil phénomène, Lionia...

— Tu te souviens, il avait une idée fixe : économiser de l'argent et s'acheter un bateau de pêche ! Il s'est renseigné, aux USA, ce business est peu développé, il n'y a que très peu de grosses entreprises de pêche. A la différence de l'URSS qui a la plus grande flotte de pêche au monde. Et les Américains ne savent pas pêcher. John a bien étudié le marché, il est allé dans le Maine, il a tout regardé, écouté et enregistré. Il en a conclu que la pêche était une bonne entreprise, pleine de perspectives. Tu sais aussi qu'il est prudent et économe. Alors, il repoussait sans cesse l'achat du chalutier, et en fin de compte, nos gars lui ont piqué l'idée. Pour leur malheur, hélas, il faut bien le dire. Liochka Shneierzon était au courant de cette idée et il en a parlé à une paire de copains : à Sacha Abramov, un ancien marin comme John, et à un Ukrainien, un poète, que tu dois connaître, Tolik Koulitchenko. C'est un dissident aussi, comme Liochka, il est allé au goulag.

— C'est un monstre, comme Liochka ?

— Non, il est sympa.

— Shneierzon est sympa aussi, il suffit de s'habituer. Mais si on le croise dans une rue sombre, c'est l'infarctus !

— En fin de compte, ils ont devancé John. Ils ont mis ensemble le fric nécessaire, ont complété avec un emprunt bancaire et ont acheté un chalutier. Makovski, l'ex-joueur d'échecs, s'est mis avec eux, et une dizaine d'émigrés se sont joints, comme actionnaires... Dès le début, tout est parti en couille. Ils ont acheté le chalutier alors que la saison battait son plein. Ils ont voulu le rafistoler un peu et partir en mer aussitôt. Mais ils ont dû chercher de la main-d'œuvre qualifiée sur place, dans le Maine ; pas pensable d'en amener de New York, et d'ailleurs, des spécialistes, il n'y en a pas des masses... Bref, pendant qu'ils se remuaient, la saison était passée, le poisson parti, il a fallu arrimer le chalutier au quai et attendre la saison suivante. Mais la banque, elle, elle n'attend pas la saison, il faut lui rembourser les intérêts, que tu sois au port ou que tu pêches. Ils ont dû emprunter à nouveau pour rembourser les intérêts et survivre jusqu'à la saison suivante. Ils ont fermé le chalutier, sont revenus à New York, et se sont remis à gagner du fric à la force de leur colonne vertébrale... Liochka était vert de rage, mais c'est lui qui était le principal responsable : c'est lui qui avait piqué l'idée au Biélorusse et qui avait contaminé tous les autres...

— Et maintenant alors ?

— Ben rien.. Ecoute, dans l'ordre. Nos businessmen, dépités, ont attendu la nouvelle saison, ont chargé le chalutier, ils avaient même pris un cuisinier, tout comme il faut... Satisfaits, ils ont ramassé du poisson pendant quelques jours. Ce n'était pas brillant, mais ils ont tout vendu. Et de nouveau en mer... Mais un jour, par beau temps, un garde-côte du contrôle des pêches plein d'écume s'est approché d'eux à bonne allure, les a accostés et a confisqué le chalut. Ils sont restés comme des idiots, à vingt milles de la côte, sans outil de production. Plus qu'à pêcher à la ligne !...

— Pourquoi leur a-t-on confisqué le chalut ?

— Parce qu'il ne correspondait pas aux normes. Dans l'Etat du Maine, on ne peut sortir en mer qu'avec certains chaluts. Je ne comprends rien à la pêche, Edward, mais ce que je sais, c'est que non seulement on leur a confisqué le chalut, mais qu'en plus ils ont été jugés et condamnés à une amende de cinq mille dollars. On les a pompés jusqu'à la moelle. Et ils se sont tous fâchés entre eux. Ils ne peuvent plus se blairer maintenant. Et le Biélorusse, malin, n'a toujours pas acheté de chalutier. Il est prudent...

— Et Shneierzon, il a perdu tout son fric ?

— Le diable sait s'il a tout perdu ou pas. Qui peut dire combien il avait ? Mais ils n'ont même pas pu revendre leur bateau. Il est toujours aux amarres, dans le Maine. Pour sûr, il doit être tout rouillé.

Il se leva.

— Je file, Edward... Tu devrais passer nous voir, non ? Tu as mon téléphone ?

— Je l'ai. Vous aussi vous commencez à mal parler le russe ? « Avoir mon téléphone », c'est pas russe-russe, ça.

Il sourit. Peut-être était-il flatté par ma remarque.

— Tu ne veux pas venir avec moi ? Ce serait le bordel. Nos littérateurs s'exploseraient.

— Je ne peux pas. J'ai un rendez-vous.

On sortit du bar et on se serra la main. Il partit vers le haut Broadway et moi, vers le bas.

Six ans passèrent, comme un train de marchandises, rapide. Un jour mon ami Ciril débarqua du passé à Paris, et se pointa chez moi, dans le Marais. Nous bûmes deux bouteilles de vin blanc et nous nous mîmes à nous remémorer notre tardive jeunesse, pauvre et pourrie, à New York.

— Tu te souviens, Editchka, nous achetions des bouteilles de champagne rose californien, allions à Central Park, nous asseyions sur une falaise et buvions au goulot un liquide tiédasse ?

— Et tu te souviens... ?

— Toi, au moins, tu avais le Welfare, Limonov... J'étais beaucoup plus pauvre que toi...

— Oui, je touchais le Welfare et je complétais en trimballant des meubles avec John, le Biélorusse, ou avec le monstre, Liochka...

— On te l'a sans doute dit, mais Liochka a tué un homme...

— Quoi ? Je ne le savais pas... Mais j'ai toujours pensé que tôt ou tard il buterait quelqu'un. On l'a condamné à combien ?

— Il n'a pas encore été jugé ; il a bénéficié d'une caution et il se balade en liberté, mais il peut écoper gros. Il a abattu un ancien ami, sous les yeux de plusieurs émigrés. A... ? Aronov ? Abramov, oui, c'est ça ! Je ne sais pas, il devait trois ou cinq mille dollars à Shneierzon. Je le voyais dans le temps, Abramov. Un costaud, un ancien marin...

— Il me semble me souvenir de cette histoire, dis-je. N'est-ce pas avec lui que Shneierzon avait acheté un chalutier, toute l'affaire avait raté, et ils avaient tout perdu... ?

— Oui, oui, c'est ça. Il y avait une histoire de bateau ; cet argent était lié à une affaire de bateau. Son puissant ami Boukovski est intervenu en sa faveur. Il a rappliqué à toute allure de Londres, a trouvé les gens qu'il fallait pour verser cent mille dollars, et a sorti Shneierzon de prison avec la caution. Tu sais, les dissidents ont des relations. Boukovski a donné des conseils au Sénat américain. Il était au goulag avec Shneierzon en URSS. Des potes, quoi ! En 1983, après la sortie du film *Les Russes sont déjà là,* ils ont monté la Ligue antidiffamatoire ensemble. Boukovski est devenu président, et Shneierzon, trésorier. Tu as déjà entendu parler de la Ligue ?

— C'est bien d'avoir des amis influents. Je n'ai pas entendu parler de cette ligue...

— On a projeté dans toute l'Amérique *Les Russes sont déjà là,* un film sur nos émigrés aux USA réalisé par Public Broadcasting Service. Selon les crétins qui ont constitué la Ligue, ce film présente les émigrés russes comme des sous-hommes, des ennemis de l'Occident. La Ligue a décidé de poursuivre PBS et d'obtenir des dommages et intérêts d'un montant de 200 millions de dollars. Tu te rends compte ? Et bien sûr, elle a commencé par taper les émigrés !

— Tu as vu le film, Ciril ?

— Je l'ai vu. Un film normal. Marrant même. Ton ami Alexandrovski, ivre, donne une interview couché dans son lit, comme d'habitude. Barbu, à moitié à poil. Incorrigible poète, anarchiste... Ce film leur est resté en travers de la gorge, aux dissidents ; ils essaient de se donner une image d'honnêtes puritains et de martyrs, pour recueillir plus de fric de l'Occident. Et là, on montre des ivrognes, des ratés, des volontaires pour le retour en URSS. Ça les a foutus en rogne et ils ont décidé de lutter contre leur propre image, dans le miroir...

— Et alors, ils sont arrivés à quoi ?

— L'affaire a progressivement été étouffée. La productrice, l'ancienne épouse du chanteur Theodore Bickel, est morte un an après, tuée dans un accident de voiture ; même les plus fous n'osent affirmer que c'est signé de la main de la Ligue antidiffamatoire... Et maintenant, voilà que le trésorier Shneierzon, le second dans l'affaire, vient de plomber un homme. Sous les yeux de témoins ahuris, d'émigrés russes, dans un appartement d'Astoria.

— Hein ! sursautai-je. Dans son appartement ?

— Non, chez des voisins de l'étage. Chez un jeune couple. Je ne les connais pas. Abramov a été invité chez les voisins de Shneierzon. Ils ont dîné, bu ; puis Shneierzon est venu. Il s'est assis, il a bu lui aussi, tout ça pacifiquement. Puis les passions se sont échauffées, les parties ont commencé à s'engueuler, puis Shneierzon a exigé ses trois ou cinq mille dollars. Abramov a rigolé et lui a dit que zob pour l'argent. Shneierzon est rentré chez lui, a pris son revolver, est revenu chez les voisins et a descendu Sacha Abramov... Fini Sacha Abramov.

167

Le visage de Ciril s'était illuminé. Il aimait raconter des horreurs et son éducation, sa culture, son humour l'avaient toujours écarté des problèmes et passions de la masse des émigrés. Lui, comme moi d'ailleurs, nous les regardions comme des chercheurs observent une peuplade étrange, coupée du monde et juste découverte en Nouvelle-Guinée.

Je pensai que Lionia Kossogor avait dû assister à la scène où le bigleux et pieds-plats Shneierzon avait, en soufflant, envoyé des pruneaux dans le grand corps du marin. Peut-être même Kossogor était-il intervenu pour écarter le monstre au revolver. Kossogor était un type tranquille, qui avait fréquenté les champs de bataille, les camps et avait vu pas mal de cadavres. Il était tout à fait capable d'avoir tenté d'intervenir. Il avait fort bien pu crier avec son accent de Simféropol : « T'es devenu fou, Liochka ! Arrête immédiatement ! »

— C'est bien, hein Ciril, des dissidents pacifiques... des pluralistes. Officiellement, quand ils donnent les interviews, ils se répandent sur leur esprit démocratique, mais entre eux, dans les cuisines de Moscou, je les ai plus d'une fois entendus dire : « Si on prend le pouvoir, on aligne tous les communistes contre un mur, et à la mitrailleuse... »

— Tu sais, Editchka, que Shneierzon a été interné dans un hôpital psy en URSS ? Injuste victime d'un régime totalitaire répressif...

— Ce serait intéressant de connaître le diagnostic. Il n'est pas fêlé. Il est repoussant, mais il n'est ni schizophrène ni paranoïaque, Ciril. Il est plutôt atteint de psychopathie grave. Dans les hôpitaux soviétiques, on les garde dans les pavillons de sécurité. Ils sont considérés comme dangereux pour leur environnement. Un psychopathe grave, lorsqu'il fait une crise, peut te sauter à la gorge. Mais le reste du temps, ça peut être un type normal, sympathique même. Shneierzon a des qualités ; je lui suis reconnaissant de m'avoir fait inscrire au Welfare. Et le fait qu'il se soit lié d'amitié avec Edik Brutt, un vrai saint celui-là, plaide également en sa faveur. Edik était un homme exceptionnellement bon.

— Ouais, ricana ce cynique de Ciril. Anormalement bon. Tu sais que Brutt a déjà fréquenté les cliniques psychiatriques américaines ? Il touche maintenant une pension de la « social security », à trente-cinq ans ! Par les temps qui courent aux USA, alors que Reagan rogne tous les budgets des pauvres, des malades et des nécessiteux, tu penses que l'on te donne cette pension pour tes beaux yeux ? Non, Editchka, pour cela, il faut être sérieusement malade.

— Même si mes pressentiments se sont réalisés, à savoir que tôt ou tard Shneierzon agirait selon son apparence, tout cela est bien pénible, non, Ciril ? Mort, assassinat, social security... Si, au moins, l'un d'entre eux avait pu devenir riche !

— Eh bien moi, je le suis devenu, dit Ciril. J'ai réussi quelques spéculations immobilières. Sais-tu où je suis descendu ? Rue des Beaux-Arts. Dans l'hôtel où est mort Oscar Wilde. Je dors dans la pièce où il est mort. Viens faire un tour, Editchka...

169

Nous allâmes chez lui, à l'hôtel. Il commanda des bouteilles de dom-pérignon, que nous bûmes sur la terrasse, au-dessus de Paris, par un chaud soleil d'août. Paix à leur âme !

Ceux-là même ...

A Moscou, le mou Seva Zelenitch était photographe à la *Literatournaïa Gazeta*. Il avait des parents qui vivaient en Amérique, quatre oncles en tout. Seva embarqua sa femme Tamarka, son chat, ses appareils photo et ses archives et partit en Amérique, à New York. Son oncle le plus riche, le multimillionnaire Naoum, se prit d'affection pour eux et les aida financièrement à vivre les deux premières années. Il les aidait soigneusement, solidement. Seva vivait dans Upper East Side, dans York Town, dans un appartement de cinq pièces, dans un immeuble avec deux *doormen,* et avait des opinions on ne peut plus réactionnaires. Seva faisait ses courses chez *Zabars* dans West Side, et, lorsqu'il me rencontrait, défendait l'Amérique contre mes accusations. Lorsque Seva était à court d'arguments, il disait qu'il fallait coller les gens de mon espèce contre un mur.

Oncle Naoum, Naiman en américain, mourut subi-

171

tement. Comme ça, à quarante-neuf ans à peine, d'un infarctus. Les trois oncles restants étaient moins riches et moins généreux, mais ils ne laissèrent pas tomber Seva pour autant. Les oncles réunirent le conseil de famille, et décidèrent d'acheter un loft pour Seva. L'appartement de cinq pièces dans York Town, dans l'immeuble à deux *doormen*, coûtait plus de mille dollars par mois à Naoum. Les oncles restants ne pouvaient se permettre de tels frais en attendant que Seva puisse lui-même gagner cette somme avec ses photos.

Guettant d'abord les décisions de ses oncles à son sujet, puis sortant ensuite tous les jours avec eux pour visiter des lofts, Seva maigrit sensiblement. Et pâlit même. Il ne faisait plus ses courses chez *Zabars* mais dans un supermarché ordinaire. Et on pouvait déjà caractériser ses opinions politiques de « modérées ».

Le loft fut trouvé. Et pas un loft minable. Un vieux local cloisonné en une multitude de petites pièces, et pas n'importe où, mais sur Madison, vers les 20es rues. Les oncles payèrent le loft, et donnèrent civilement à Seva les moyens de le retaper. Après avoir fait les comptes des dépenses à faire, et les avoir comparées aux moyens qu'on lui proposait, Seva décida de retaper le loft lui-même. Il réussit même à démolir quelques cloisons, mais comprit vite que ce travail était au-dessus de ses forces et m'embaucha pour l'aider à quatre dollars l'heure. Pourquoi moi ? Les aborigènes américains refusaient de travailler pour moins de dix dollars l'heure ; et il n'y avait pas de Russes « au noir », sans travail, à cette époque. Autre hypothèse : le « réactionnaire » voulait embaucher le « révolutionnaire » par sado-masochisme. Nous avions fait connaissance à Moscou, et à New York, lorsque parfois nous nous rencontrions chez un ami commun, chaque rencontre dégénérait en un combat verbal. Seva me considérait comme un « révolutionnaire » et disait que « traîner dans la boue » l'Amérique comme je le faisais était bas. Que l'Amérique me « donnait asile ». Je lui répondais en riant que l'Amérique gagnait plus avec moi qu'elle ne dépensait pour moi, en capital politique par exemple. Et si ce n'était pas avec moi en particulier, alors avec tous les « réfugiés » ensemble.

Il était trop soigneux. On ne travaille pas comme ça. Je lui indiquai ses erreurs. Il avait abattu un yard carré de mur pendant la journée, lentement, avec un ciseau et un maillet. Je lui dis qu'il fallait deux pics. Qu'il fallait abattre et casser, que la maison vieille et solide résisterait. Que s'il souhaitait terminer la partie habitable du loft dans un futur prévisible, qu'il devait adopter ma méthode.

Seva hurla. Dit qu'il s'attendait à cela de ma part, que j'étais un destructeur « exterminator ». Oui, affirmai-je : « destruction is creation ». Mais il sortit, acheta deux pics dans un magasin où on lui faisait un discount. Ses oncles lui avaient déjà demandé à deux reprises de se dépêcher pour libérer au plus vite l'appartement de l'immeuble à deux *doormen*. Et d'abord moi, puis lui, nous mîmes timidement, puis toujours plus méchamment à casser, abattre et détruire. C'était bon, agréable de détruire. Seulement cela faisait beaucoup de poussière. Nous dûmes laisser les fenêtres ouvertes sur Madison, et ouvrir celles aux vitres dépo-

173

lies et grillagées qui donnaient sur la cour dans le mur du fond. Derrière ces fenêtres, on découvrait un entrelacement d'escaliers rouillés et les cours noires, sombres des bâtiments new-yorkais. Ils se serraient culs contre culs, le visage tourné vers la rue.

Le loft fut bientôt nettoyé et deux gros tas se dessinèrent près de la porte d'entrée. Les châssis puissants de vieilles machines à coudre, des tissus synthétiques de toutes les couleurs et dessins imaginables (même avec des paysages, comme sur des cartes postales), des lampes halogènes dans des abat-jour métalliques, des pierres, du plâtre, des squelettes de cloisons endommagés par les pics. L'art aussi était en gros tas. L'atelier de fabrication de chemises pour Portoricains et Noirs (qui peut bien acheter de telles cochonneries ? avait fait remarqué Seva) qui avait déménagé on ne sait où, avait laissé ses archives — des dessins, des esquisses, des modèles.

Seva avait cherché dans les pages jaunes la rubrique « Getting rid off », et à l'intérieur, des réclames de compagnies d'enlèvement d'ordures : il les contacta toutes, en découvrit une dont les services étaient sensiblement moins chers. Ses oncles lui avaient appris à procéder ainsi. Seva conclut un marché avec la compagnie. Il posa l'écouteur et m'expliqua fort sérieusement que c'était quelque chose de très compliqué d'emporter des ordures, et tout particulièrement des gravats, hors de la ville. Que ce n'était pas bon marché du tout. Qu'enterrer un homme, par exemple, coûtait moins cher que d'emporter hors de New York une tonne de gravats. Et ses oncles lui avaient dit que le service « d'ordures » appartenait à la mafia à New York.

— Nous devons casser les dernières cloisons avant leur arrivée, avant demain, conclut Seva, nous y arriverons.

Ils vinrent le lendemain. Ils s'arrêtèrent en bas, sur Madison, en faisant tellement crier les freins et le châssis que les vitres en vibrèrent. Nous n'avions pas vu leur camion monstrueux et pourtant nous savions que c'était lui. Un grand homme à chapeau, en veste de polyester, au visage rose à la peau grumeleuse et épaisse, « une vache », me dis-je en moi-même. une vache de pas moins de deux cents *pounds,* un cigare puant à la main, entra avec deux autres gars. Le premier, un gars noueux en veste à carreaux et en jean, avait de fins cheveux filasse qui lui tombaient dans le cou. Il avait un regard arrogant et des gestes décidés. Il puait la sueur âcre. Le second était le sosie, la copie un peu plus petite de la vache, mais sans chapeau.

En entrant, la vache souffla de la fumée. Seva sourit poliment, arrangea ses lunettes d'intellectuel moscovite et dit :

— Hello. Vous pensez pouvoir tout enlever en une fois ?

— Si je pense ?

La vache fit le tour des tas, saisit une lampe halogène et la sortit du tas tout en tirant sur son cigare.

— Take all of them, fit-il à son sosie plus petit.

— Yes, sir ! s'écria vivement le sosie.

— Je vais te dire ce que je pense (la vache regardait Seva d'un air peu engageant). Je vais te dire... Je

175

pensais que je sortirais dix tonnes de chez toi, mais il n'y a rien à emporter.

Il sortit son cigare de sa bouche et cracha sur l'amas de gravats.

— Je n'ai pas le temps de m'occuper de ta merde aujourd'hui, les gars viendront demain et emporteront tout ça.

— Mais mister... Ça nous empêche de travailler, fit Seva.

— Je t'ai déjà expliqué que les gars emporteront ça demain...

La vache sortit un bloc-notes et y nota quelque chose. La vache prit deux lampes d'un coup, dont l'une était abîmée, la ferraille s'était accrochée à celle de l'autre, les cogna contre la porte d'entrée et sortit. « Les gars » revinrent et prirent les lampes qui restaient. Le tank fit vibrer les vitres des fenêtres de Seva et partit.

— Shit ! fit Seva. Nous perdons une journée. S'ils avaient emporté les gravats aujourd'hui, nous aurions pu commencer à monter les murs dès demain. Shit !

— Shit ! acquiesçai-je. Et pourquoi ont-ils pris les lampes ?

— Ils vont les revendre. (Seva soupira.) Mes oncles m'avaient conseillé de le faire. D'ailleurs, elles sont en bon état... Mais à qui est-ce que je les vendrais ? Il faut connaître des gens, et je n'ai personne qui les prendrait pour rien... Tu as remarqué, ils ressemblaient à des mafiosi ? Des vrais... Ceux-là même...

Sa voix était triste.

Ils ne vinrent pas le lendemain. Pour gagner du temps, nous commençâmes à reboucher les trous des murs de la partie atelier du loft, là où Seva voulait installer son studio photo. Il avait prévu de faire ce travail plus tard et seul. Sans se presser, une fois installé dans la partie habitation.

Ils vinrent deux jours plus tard alors que nous désespérions déjà de les attendre, et que Seva s'apprêtait à téléphoner pour annuler sa commande et prendre une autre compagnie. Grinçant de manière familière, le lourd tank s'arrêta sur Madison. Seva et moi courûmes à la fenêtre et vîmes cinq gars tomber du tank sur la chaussée, comme des fruits d'un arbre. Armés de pelles et de bacs de plastique, ils rentrèrent dans le loft.

La vache n'était pas parmi eux. Le filasse leur commandait. La vache était sans doute un chef un peu trop important pour assister à l'enlèvement de nos *miserable* gravats.

— Hello, boys ! s'exclama Seva, satisfait qu'enfin les tas qui empêchaient l'avancement de notre travail fussent liquidés.

— Fuck yourself... répondit doucement le filasse.

J'entendis ce qu'il bougonnait. Seva comprit aussi. Et l'entendit aussi. Mais il fit mine du contraire. Seva ne plaisait pas au filasse. Et celui-ci n'avait pas l'intention de s'en cacher. Etait-ce la grosse tête de Seva avec une calvitie naissante qui ne lui revenait pas, ou bien ses lunettes d'intellectuel moscovite, ou son visage moustachu bon enfant, sa bedaine qui avait diminué de volume depuis qu'il faisait ses courses au supermarché et non plus chez *Zabars,* mais que l'on devinait encore ? Ou bien le tout ?

Ils jetèrent leurs bacs de plastique décrépits dans les gravats et se mirent à les remplir de façon peu soignée. La poussière montait jusqu'au plafond et Seva regarda avec tristesse la croisée de la fenêtre qu'il venait juste de peindre en blanc. La peinture n'avait pas eu le temps de sécher. Seva était pressé d'avoir son loft. Il voulait commencer au plus vite son travail de photographe.

Le filasse sortit avec le sosie miniature de la vache en portant un bac plein, avançant les jambes avec habitude mais avec effort. Seva se tourna vers un Noir avec une pelle qui souriait (il y avait deux Noirs) :

— Mais où est votre boss ? Il ne viendra pas ?

— Pourquoi, tu as besoin du boss ?

Le Noir abandonna avec plaisir sa pelle. Il souriait encore plus largement. Les Noirs sourient tout le temps, même lorsqu'ils sont tristes, ou qu'ils vous filent un coup de couteau.

— Le boss est occupé dans un autre *establishment*... Son fils est là.

— Le blond maigrichon ?

— Aha...

Ils ne se dépêchaient pas. C'étaient surtout les deux Noirs qui travaillaient. Leurs cheveux étaient blancs de poussière. Les autres disparaissaient toujours quelque part. Seva me dit en russe qu'on prenait des Noirs dans l'organisation pour le travail sale. J'étais d'accord avec lui, sa supposition me paraissait sensée.

Lorsque les gravats eurent tous été enlevés, le filasse

testa, toucha du pied chaque carcasse de machine à coudre qui restait, cracha dessus puis s'approcha de la fenêtre. Nous étions là, Seva et moi. Seva, un petit verre de café à la main. Le filasse ouvrit la fenêtre en grand et siffla. Le chauffeur assis dans la cabine regarda la fenêtre. Il acquiesça d'un signe de tête. Avec le bruit déchirant d'une centaine de voitures carambolées, une espèce de bétonnière grinçante se mit à tourner lentement à l'intérieur du tank monstrueux.

— Vous pensez qu'elle broie le métal ?

Seva, penché par la fenêtre, désignait le monstre. Puis Seva regarda le visage du filasse de côté, de bas en haut.

Le filasse tira une cigarette de derrière son oreille. Il la pétrit dans ses grands doigts aux articulations anguleuses, et la remit derrière son oreille.

— Elle broie tout, fit-il en regardant Seva. Même toi, s'il le faut.

Et le filasse s'éloigna.

Je vis de l'horreur derrière les lunettes de Seva Zelenitch, ancien photographe à la *Literatournaïa Gazeta*. Les verres de ses lunettes s'embuèrent. Seva cacha rapidement son horreur et se dirigea vers l'unique surface propre du loft, une ancienne table à découpe, pour remplir un chèque.

Comme convenu, l'enlèvement ne lui revenait pas trop cher. Les autres compagnies lui auraient pris plus.

Le navire au drapeau rouge

Sarah m'avait donné rendez-vous à See-Port à six heures. J'y arrivai à cinq. Je n'avais rien à faire, je voulais voir See-Port, me promener au milieu de ses ruines et de ses palissades. Sarah m'avait dit qu'un navire à drapeau rouge était amarré dans le vieux port, à l'écart des regards. « Je ne sais pas si c'est un bateau soviétique ou non, Edward », avait-elle fait. « En tout cas, il a un drapeau rouge. Peut-être est-ce un bateau chinois... »

J'allai jusqu'à la 14ᵉ rue par la ligne IRT et me dirigeai vers l'eau. L'automne de l'année 1977 était clair, ceux de Manhattan étaient encore en veste à la fin octobre. J'avais mis, pour me cacher et me fondre dans le paysage, le plus vieux des trois imperméables de ma garde-robe. A cette époque, le quartier de See-Port était abandonné, désert, il faisait songer à une ville sur laquelle serait tombée une bombe à neutrons. L'herbe poussait sur les trottoirs éventrés. Les immeubles bâillaient de leurs fenêtres brisées. Dans les profondeurs noircies par le temps de constructions industrielles, on pouvait voir de vieilles machines et des cuves rouillées qui devaient servir au traitement du poisson. Autrefois, à cet endroit, se dressait un vivant marché au poisson. Pour se promener dans ce quartier en 1977, même de jour, il fallait une bonne dose de courage. Ou d'inconscience. Maintenant, dix ans plus tard, un centre commercial et un complexe de restaurants brûlent de tous les feux de la civilisation, mais alors, seuls ce fou de Savenko, quelques mouettes, quelques corbeaux et deux voyous portoricains passant sur une vieille bicyclette animaient le quai. L'eau, si l'on s'en approchait et qu'on la regardait, était là, très bas, graisseuse, couverte d'une couche d'ordures puantes qui jamais ne disparaissait. Les canalisations de la ville y déversaient jour et nuit des déchets humains. Je découvris aisément le bateau à drapeau rouge caché derrière des escaliers faits d'un mélange de ferraille et de béton et d'incroyables ponts. On le voyait parfaitement lorsqu'on venait de l'eau, mais le voir du quai, très haut à cet endroit (une autoroute passait en dessous à hauteur du bateau) était impossible. Je m'accoudai au garde-fou et le regardai.

Il n'était pas grand. Le drapeau rouge flottait au vent, à côté de la cheminée. J'y découvris une faucille et un marteau. De nombreuses antennes compliquées de forme variée l'encerclaient.

Un matelot qui portait une combinaison sombre et des bottes de caoutchouc sortit d'une porte qui se trouvait sous la cheminée. Il me regarda. Je levai le bras et lui fis un signe de la main. Il me répondit tranquillement de la même manière, puis ramassa un tuyau d'arrosage et entreprit de nettoyer le pont. Il ne me regarda plus. Qu'avait-il à faire d'un clochard new-yorkais vêtu d'un imper sale lui descendant jusqu'aux talons ? Il lavait le pont de son territoire soviétique. Etaient-ce les Soviétiques qui se cachaient ou leurs hôtes qui les cachaient ? Le bateau était trop petit pour être un navire marchand. Et chaque bateau porte un nom, d'ordinaire écrit vers la proue. Sur les deux bords. Celui-ci n'avait qu'un numéro, G-16. Un deuxième matelot apparut sur le pont.

J'entendis derrière moi le bruit d'une automobile s'arrêtant. Je me retournai. Un type en costume gris se redressa de toute sa taille en descendant. Un deuxième était assis au volant. Le gris se dirigea vers moi. Ses cheveux étaient coupés court, il avait l'allure sportive, et comme je ne distinguais pas encore son visage mais que sa silhouette élastique, je me dis que c'était soit un policier en civil, soit un type du FBI.

— *Looking for troubles* ? fit-il en souriant.

Blond avec des cheveux blancs coupés en brosse, chemise de nylon, cravate gris sombre. Et, bizarrement, un accent. Pas un accent canadien ou, disons, des Etats du Sud, ce qui eût été compréhensible, mais un accent étranger. Dur. Familier.

— Vous êtes russe ? demandai-je en russe.

Il ne s'attendait pas à cela. J'aurais été correctement habillé, il ne se serait pas étonné de la sorte, il m'aurait tout de suite classé : émigré russe en Amérique. Mais il avait devant lui un clochard de Manhattan, aux

183

cheveux ébouriffés qui tombaient sur ses lunettes (dont un verre était cassé), en imper, c'était d'ailleurs un chef-d'œuvre du genre cet imperméable couleur asphalte avec des taches de cambouis... Et des bottes éculées, grossières, faisant penser à celles de Van Gogh... Une chance sur dix millions de rencontrer dans cet accoutrement un individu de sa tribu, à un demi-globe de distance de la frontière la plus proche d'Union soviétique. Il pâlit même.

— Que faites-vous ici ? demanda-t-il désemparé.

Il regrettait déjà, je pense, sa désinvolture, le fait de m'avoir accosté le premier...

— Je voulais voir le bateau soviétique. Une amie est passée par là et l'a vu. On le voit très bien de l'autoroute. Pourquoi, il est interdit de regarder ?

— Non. Comme vous aimez à le dire ici, vous êtes dans un pays libre. Regardez tant qu'il vous plaira. Mais vous êtes... Russe ?

— J'étais.

— Alors (il déboutonna sa veste et releva légèrement son pantalon), vous le resterez toujours. On peut changer de pays, mais pas de sang. Vous êtes Juif russe ou Russe russe ?

— Russe russe ukrainien, fis-je pour garder son style.

Il sourit.

— Moi, je suis le capitaine de ce bateau. (Il le montra.) Je suis allé à l'hôpital. Un de mes matelots avait mal au ventre. Il a fallu l'opérer. J'ai dû demander une autorisation d'escale pour avarie dans le port.

Voyez où votre gouvernement nous a autorisés à jeter l'ancre.

— J'ai des relations compliquées avec lui, fis-je. Cela fait trois ans que je vis ici et ils ne me donnent toujours pas de papiers. En février, le FBI m'a convoqué. Vous voyez, notre gouvernement et le vôtre ne sont toujours pas le mien.

— Vous vous conduisez sans doute très mal. (Il se mit à rire.) J'ai tout de suite vu que vous cherchiez des ennuis.

Le type qui était resté au volant avait fait monter la voiture sur le trottoir et l'avait garée tout contre le garde-fou.

— C'est mon ami américain, m'expliqua le capitaine qui avait suivi mon regard. Il est venu de Boston pour **me voir**.

— Et pourquoi votre bateau n'a-t-il pas de nom, capitaine ?

— Parce que nous faisions de la recherche. Géodésique. Nous sommes un certain nombre à être disséminés sous différentes latitudes, à remplir la même tâche, c'est pourquoi on ne nous donne pas de nom, mais un numéro.

— Comme aux espions ?

— Oui, oui, justement, on nous prend toujours pour des espions, acquiesça-t-il gaiement.

Son Américain fouillait dans le coffre.

En bas, le matelot continuait à laver le pont. Un couple de mouettes cria dans le clair ciel d'automne.

— Dites, pourquoi êtes-vous habillé ainsi ? fit-il, hésitant.

— Dans la société de classe, capitaliste, commençai-je d'une voix docte, la plus grande partie de la richesse nationale revient à un faible pourcentage de la population, tandis que la couche inférieure végète. Souvenez-vous de la condition des ouvriers russes avant la révolution d'Octobre.

— Sérieusement, fit-il, cela m'intéresse. Quoi, vous n'avez pas d'argent pour vous habiller ? A propos, je m'appelle Dmitri. Dmitri Strokov. Et vous ?

— Edward Savenko.

— Que faites-vous, Edward ?

— Je suis au chômage.

— Vous plaisantez ?

J'étais irrité. J'avais toujours pensé qu'en réalité ils *les* aimaient. En fait, les Soviétiques adorent secrètement les Américains. Les techniciens et les savants de son genre, surtout, les capitaines, les ingénieurs et les académiciens. A cause du progrès technique, des gratte-ciel, des ordinateurs, des longues automobiles et des vingt-sept chaînes de télévision. Pour ce qui me concerne, n'étant ni technicien ni savant, je voyais dans les « maîtres de l'Univers » une nation arrogante et cruelle d'anciens miséreux, des vampires suçant le ciel et la terre. Souriant de manière optimiste de toutes leurs dents, ils croyaient au progrès comme les Allemands à la veille de la guerre, mais seuls les nazis n'étaient pas hypocrites.

— Je voudrais bien vous voir dans ma peau, capitaine. Dans mon hôtel. Une prostituée noire vit dans la chambre d'à côté, à gauche de la mienne, à droite, un alcoolique dans un état épouvantable. Je touche 278 dollars par mois d'allocation, j'en verse 160 pour la chambre. Vous arriveriez à vivre avec 118 dollars par mois ?

— Qui vous a obligé à partir ? Vous seriez resté... Quelle est votre profession ?

— Je n'en ai pas. J'apprenais mal à l'école.

Je voulais lui dire quelque chose de cassant. Et je ne voulais déjà plus lui expliquer que je venais d'écrire mon premier roman. Et que les éditeurs new-yorkais n'aimaient pas voir la gueule de leur société dans mon miroir.

— Sans profession. (Il tarda.) Que voulez-vous... Toute société a besoin de gens utiles.

— Vous êtes utile, vous, capitaine ? Vous étudiiez certainement bien à l'école.

Son ami approcha, il était de la même taille que lui. Le capitaine était juste plus maigre que l'homme de Boston. Celui-là était mou, moite et brun. Ils piétinaient à côté de moi, ils me dépassaient tous deux d'une demi-tête.

— Votre ami était sans doute comme vous, un élève exemplaire ?

Un étrange détachement de deux corbeaux et de quelques mouettes tourna au-dessus de nous en croassant et criant et s'éloigna en direction de Battery Park.

— Si l'on en juge au fait qu'il a écrit plusieurs livres intéressants sur le champ magnétique de la Terre...

Le capitaine sourit à son ami, mais ne fit aucune tentative pour me présenter et ne traduisit pas.

— Je suppose qu'il y a entre vous plus de choses

en commun qu'entre vous et moi. Vous êtes tous deux de bons élèves devenus des individus utiles, tandis que moi je suis un mauvais élève en imperméable crasseux. Nous pourrions illustrer une fable morale. Vous êtes les piliers de la société, et moi, comme on dit, un malheureux incident.

— Je dois remonter à bord.

Le capitaine, peut-être pour ne pas avoir à me serrer la main, les plongea dans ses poches. Il se détourna.

— Je vous souhaite de trouver du travail. Et plus généralement, le succès...

— Vous auriez pu inviter votre compatriote à bord. J'ai une demi-heure devant moi.

— Je ne peux pas, fit-il. C'est interdit. L'instructeur politique sévira.

— Et lui, il peut ?

— Oui. Il est membre de la Société internationale de géodésie et ami de notre pays.

Les membres utiles de la société tournèrent les talons, et, après avoir longé le quai sur quelques dizaines de mètres, descendirent vers l'embarcadère. Là, il y avait un escalier.

Sarah arriva en taxi avec deux sacs bourrés d'appareils photo, d'objectifs et de pellicules. Nous découvrîmes dans les ruines l'immeuble que nous cherchions avec des fenêtres obstruées par des feuilles de métal. Nous frappâmes à la porte de fer. A l'intérieur, la maison était très vivante et d'un rouge délirant. Les murs et les plafonds. Les deux étages. Sarah et une dizaine de ses amis photographes de la New York School of Visual Arts passèrent la nuit à photographier des femmes enceintes (l'une d'elles avait le crâne rasé), à fumer de la marijuana, à bouffer des sandwiches et à boire de la bière. Cette manifestation s'appelait une « photo-session ». Les femmes enceintes se déshabillaient lentement. Leurs ventres ressemblaient à des citrouilles mûres. J'errai dans ce chaos surréaliste, fumai plus que les autres et posai à ceux qui travaillaient une question pour eux absurde : « Es-tu un bon élève ? » Non, ce n'étaient pas de bons élèves.

A l'aube, en repartant en taxi avec Sarah, je demandai au chauffeur de passer par le quai. Il n'y avait personne sur le pont du bateau. La brise matinale faisait vivement claquer le drapeau rouge.

La belle, égérie du poète

J'étais incroyablement effronté cet automne-là. Effronté comme un ouvrier qui se glisse dans le lit d'une comtesse, comme un petit criminel qui vient enfin de faire son « gros coup ».

Mon premier livre devait sortir dans les librairies parisiennes le mois suivant. J'avais emporté avec moi à Londres un premier exemplaire.

J'avais envie de cracher dans la gueule des passants, d'arracher les bébés à leurs poussettes, de fourrer ma main sous les jupes des vieilles femmes modestes. Soûl, sortant d'une cave à vin sur Sloane Square, je me souviens que je me retins tout juste d'attraper un policier par l'oreille. Diana m'en empêcha avec force. Je n'en profitai que partiellement, en montrant du doigt la tronche rose du bobby et en riant. J'étais heureux, que voulez-vous... J'avais réussi à « les » baiser. Par « les », je sous-entendais : « le monde », « la society », « les ensucés » — ce qui en russe équivalait à « tous ceux

191

qui sucent », « les suceurs de queue ». J'avais l'impression de les avoir tous trompés, de n'être en aucune manière un écrivain, mais un voyou.

C'était dans un élan justement, porté par une vague brûlante d'impudence, de fierté et de mégalomanie, que j'avais mis le grappin sur Diana, une actrice, mais pas n'importe laquelle. Une actrice de cinéma et de télé, qui tournait dans les séries, on la reconnaissait dans les rues... En fait, normalement, Diana n'eût jamais dû se donner à moi. Elle était une actrice célèbre, moi un écrivain débutant. Mais si l'insolence peut conduire et entraîner derrière elle les masses, elle peut aussi tromper une star de cinéma et lui faire écarter les jambes. Non seulement elle se donna à moi, mais elle m'installa également chez elle sur King's Road, et me balada en automobile dans Londres et en Grande-Bretagne. Je la trompai, elle, sombre beauté à cuisses opulentes et lourd derrière, qui jouait les hystériques dans des téléfilms tirés de Maupassant, de Dostoïevski et de Henry James, mais aussi la foule d'habitants de Grande-Bretagne que je croisai en chemin.

Michel Horowitz, un mélange anglais de Ferlingetti et de Ginzberg, avec la silhouette du poète léningradois Krivouline (c'est-à-dire six membres, deux jambes, deux bras et deux cannes), m'avait invité pour les premiers jeux Olympiques mondiaux de la poésie. Le charmant Michel et ses camarades britanniques désiraient inviter les pérennes Evtouchenko et Voznessenski, mais à cette époque, semble-t-il, le pouvoir soviétique avait été pour x raisons vexé par l'Occident, et n'avait pas envoyé les cadeaux E. et V. Je les remplaçai tous les deux aux Poetry Olympics. Les Olympics s'étaient trompés d'époque : au lieu de se dérouler dans les années hippies auxquelles cet événement appartenait dans l'esprit, nous étions tous en 1980. J'ai conservé un numéro photocopié de la revue *New Departure* dans lequel on loue longuement de façon insipide les avantages de la paix sur la guerre, la victoire de l'amour sur les bombardements, etc. Je ne partageais pas les vues de Michel Horowitz et de ses camarades sur la réalité, sur les problèmes de la guerre et de la paix, mais acceptai de lire mes œuvres poétiques dans l'abbaye de Westminster, foulant aux pieds des dalles sous lesquelles reposaient des poètes anglais. L'archevêque en personne, coiffé d'un petit chapeau rouge, présenta notre bande au public, puis assista au spectacle, sans savoir où disparaître de honte, cachant ses yeux derrière sa main. Le plus indécent d'aspect fut le poète punk John Cooper Clark, sa tête luxuriante était couverte de touffes de cheveux bleus et roses. John Cooper Clark faisait penser à une chenille dressée sur sa queue. Il reçut la médaille d'argent de l'insolence du *Sunday Times,* qui, allez savoir pourquoi, avait pris l'initiative de nous décorer, bien que personne ne lui eût rien demandé. Le plus indécent quant au contenu de ses œuvres fut le chanteur de reggae et poète Lindon Kwaisi Johnson. Ce beau Noir propret scandait, en souriant avec sympathie, un poème dont chaque couplet se terminait par le refrain « England is a bitch... Ta-tat-ta... », c'est-à-dire « L'Angleterre est une pute... ». Peut-être est-ce justement parce que chaque refrain faisait sursauter ce pauvre archevêque et lui faisait baisser la tête presque jusqu'aux genoux que Lindon Kwaisi Johnson obtint la médaille d'or. Le *Sunday Times* m'accorda la médaille de bronze de l'insolence. Sur un poème dans lequel je disais que j'embrassais les mains de la révolution russe, le journaliste s'étonnait de manière vipérine : « Les lèvres de mister Limonoff ne seront-elles pas en sang après une telle séance de baisers ? » Si vous tenez compte du fait que participaient là les représentants d'une vingtaine de pays, qu'on ne décerna rien à ce vieux bandit de Gregory Corso (il était là lui aussi !), vous pouvez comprendre à quel point j'étais fier et effronté. Rien à redire, la médaille d'or ç'aurait été mieux, mais c'était la première fois que je participais à un concours international, j'ai encore à apprendre, me disais-je. De plus, la chenille-Clark, et reggae-Johnson lisaient dans leur anglais maternel, moi en anglais traduit.

J'avais subjugué quelques professeurs de littérature russe, ils s'étaient mis à étudier mon œuvre. Je fis même mon numéro à Oxford ! Je plaisantais, souriais, tendais mes biceps sous mon tee-shirt noir, tressais d'inimaginables sottises depuis les chaires des universités, mais on ne prêtait pas attention à mes paroles. Les mots servaient juste de fond musical au spectacle, l'essentiel de l'action, comme dans un ballet, s'accomplissait avec le corps, les muscles du visage et, bien évidemment, le costume et les accessoires. Je me baladais dans leur pays endormi telle une boule d'énergie fougueuse et étincelante, vêtu de noir. Le président de l'association « Angleterre-URSS », un man gras aux cheveux gris qui regardait de façon carnassière les

cuisses de Diana, lui dit que j'étais un espion... J'irra-
diais des rayons laser d'une telle force qu'ayant accompagné Diana à une audition (le metteur en scène faisait
choisir des acteurs pour jouer un des rôles principaux
dans une nouvelle série télévisée), je la convainquis
qu'elle aurait le rôle — et elle l'eut !

Par un jour ensoleillé mais froid, Diana conduisit
son (depuis mon) amie — un professeur de littérature russe dans un beau quartier riche de Londres —
à Hampstead. Le professeur devait aller chercher des
livres chez une vieille Russe, je savais que son nom
était d'une certaine façon associé à celui du poète
Mandelstam.

— On y va ? dit le professeur, en sortant de l'automobile, la main posée sur la portière.

— Non, fis-je, les vieux m'angoissent. Je n'y vais
pas. Allez-y, vous, si vous voulez...

Par « vous », je voulais dire Diana. Ce disant, j'avais
le désir, dès que le professeur se tirerait, de fourrer
ma main sous la jupe de Diana, entre ses cuisses
écossaises ; mais j'étais prêt, si le professeur insistait,
à sacrifier ma séance de touche-pipi, mes quelques
minutes de plaisir mouillé et brûlant pour qu'Alla,
c'était le nom du professeur, ne se sentît pas trop seule
avec la vieille.

— Vous êtes épouvantable, Limonov, dit le professeur. Et cruel. Vous aussi serez vieux un jour.

— Je n'en doute pas. C'est pourquoi je ne veux
pas avoir de rapports avec la vieillesse avant la date.
Pourquoi se hâter, alors que la mienne m'attend... ?

— Mais Salomé n'est pas une personne âgée comme

les autres. Elle est gaie, intelligente, elle ne suscite pas la pitié, n'est-ce pas Diana ?

— Yes, confirma Diana, de manière énergique et convaincue. Elle est très intéressante.

— Elle a quel âge, cette intéressante ?

— Quatre-vingt-onze... ou quatre-vingt-douze... (Le professeur hésita.)

— Le cauchemar. Je n'y vais pas. Rendre visite à un cadavre...

— Elle m'a dit au téléphone qu'elle avait beaucoup aimé votre livre. Elle n'était pas choquée du tout. Vous ne voulez vraiment pas voir une femme de quatre-vingt-onze ans que n'a pas choquée votre petit livre cochon...

— Doucement, s'il vous plaît, avec les attributs...

Je sortis de voiture. Elles m'avaient eu à la flatterie. Une flatterie grossière et évidente, mais bien efficace.

Nous sonnâmes et attendîmes.

— Elle est seule chez elle aujourd'hui, murmura Alla. Sa dame de compagnie sera absente pour quelques jours.

La femme, l'égérie du poète, vint elle-même nous ouvrir la porte. Grande et maigre, elle était vêtue d'un manteau d'homme gris à ceinture et s'appuyait sur une canne laquée et noueuse. Son visage était assorti à sa canne. Lunettes à monture claire.

— Bonjour Salomé Iraklievna !

— Excusez ma tenue, Allotchka. Il fait froid à la maison. Mary n'est pas là, et je ne sais pas mettre le chauffage en marche. Nous avons changé le système

196

l'an passé. J'avais déjà peur d'allumer l'ancien, alors celui-là, tout moderne, cela m'est vraiment impossible.

— C'est Limonov, Salomé Iraklievna, l'auteur de ce livre affreux qui vous a plu.

La vieille dame vit Diana descendre de la voiture.

— Ah, et Dianotchka est avec vous ! s'exclama-t-elle.

Et elle se retourna pour entrer dans les profondeurs de la maison.

— Je n'ai pas dit que le livre m'avait plu. J'ai juste dit que je le comprenais, votre Limonov.

— Merci de votre compréhension ! reniflai-je.

Je regrettais déjà de m'être rendu et de me retrouver maintenant entouré de femmes dans une maison étonnamment sombre alors que dehors le soleil brillait. Vif et brusque, je n'aimais pas me retrouver dans des groupes lents de vieillards, de femmes et d'enfants.

Nous traversâmes plusieurs pièces et entrâmes dans une pièce plus vaste, sans doute la salle de séjour. Beaucoup de meubles sombres, poutres sombres au plafond. Odeur de musée bien entretenu. A travers les larges fenêtres, on voyait une pelouse verte intérieure, commune, certainement, à plusieurs maisons ; quelques femmes avec de jolis enfants sages y marchaient noblement.

— Entrez ici. Il fait plus clair.

La vieille dame nous conduisit vers une des fenêtres qui donnait sur la pelouse et s'assit avec quelques précautions à une table, dos tourné à la fenêtre. Un verre contenant un liquide jaunâtre, quelques livres en tas, parmi eux je reconnus le mien, paquet de papiers de l'épaisseur d'un doigt... La vieille dame était visiblement installée là avant notre arrivée.

Je m'assis à la table, là où on m'avait dit de m'asseoir. En face de l'ancienne beauté.

— Vous êtes très jeune, dit la vieille dame. (Ses lèvres étaient fines et légèrement jaunes.) Je vous imaginais plus âgé. Et désagréable. Mais vous êtes tout à fait sympathique.

Diana posa sa main sur mon épaule. Maintenant ce cercle féminin allait commencer à me tapoter les joues en signe d'encouragement, à me tâtouiller, me tourner et me retourner, me dévisager. « Ah vous, chéri... »

— Déjà plus si jeune, fis-je. Trente-sept ans. Je fais moins.

J'avais envie de la contrarier ; elle m'eût dit : « Comme vous êtes vieux ! » je me serais insurgé : « Moi ! Vieux ! Mais je n'ai que trente-sept ans ! »

— Trente-sept ans, c'est un âge de gamin. L'avenir est devant vous. J'ai quatre-vingt-onze ans !

La vieille dame me regardait d'un air victorieux en faisant étinceler ses lunettes.

— Vous aurez du mal à arriver jusque-là !

— Ça, on n'en sait rien. Mon arrière-grand-mère a vécu jusqu'à cent quatre ans et aurait encore pu vivre plus longtemps. Elle est morte d'entêtement, de vouloir vivre seule, du refus de s'installer chez ses enfants. Elle voyait mal et est tombée, un jour, dans l'escalier de la cave. Elle en est morte. Et ma grand-mère a quatre-vingt-sept ans, de sorte que je peux compter sur environ quatre-vingt-dix.

— Votre génération n'arrivera pas à ces âges, fit-elle avec dédain. Vous êtes tous neurasthéniques, vous n'avez pas de barre, pas de fondements philosophiques pour vivre longtemps.

Elle but son liquide jaunâtre.

— Ma génération, peut-être pas, m'offensai-je. Mais vous oubliez à qui vous parlez. Je suis unique.

Un rayon de soleil à la Rembrandt vint se poser sur mon visage et alla s'éteindre plus loin, dans les profondeurs de la pièce sombre, effleurant au passage deux trois meubles laqués. J'eus envie d'écarter le rayon de ma main, mais je m'en écartai avec ma haute chaise.

— Vous voulez un whisky ? demanda la vieille dame. Prenez, vous voyez, derrière le piano, une petite table avec des boissons. Il y a de votre J & B.

C'est à ce moment-là précisément que je me mis à l'estimer. Plus exactement quelques instants plus tard, lorsque, revenant en leur compagnie, après m'être servi un whisky, je vis qu'elle me tendait un verre.

— Versez-m'en. La même chose.

Une vieille femme de quatre-vingt-onze ans buvant du whisky, une telle femme me désarmait. J'adhérai sans discuter. Au sens figuré bien sûr.

— De l'eau minérale ? demandai-je obséquieusement (j'avais vu de l'eau sur la table parmi les bouteilles).

— Non merci, fit-elle. L'eau me donne envie de pisser.

Le professeur et Diana éclatèrent de rire. La vieille femme leur servait certainement de modèle. C'était une dame de fer qu'il leur fallait imiter. Si les hommes ont leur héros, pourquoi les femmes n'en auraient-elles pas ? Et pourquoi ne le seraient-elles pas...

— Parlez-nous de Mandelstam, ah, Salomé Iraklievna ?...

Le professeur me regarda d'un air victorieux comme si, à mes gestes, elle avait compris le revirement qui s'était opéré en moi ; son regard me disait : voilà, vous êtes convaincu, et vous ne vouliez pas venir, idiot...

— Ah, je vous l'ai déjà dit, Allotchka, je me souviens à peine de lui...

La vieille dame descendit son J & B.

— Vous avez raison, Limonov, de ne pas aimer ces cochonneries faites à base de maïs, tous ces « bourbons » américains... Je ne supporte pas non plus ces *hard-liquors* douceâtres... Prenez des crackers, Dianotchka...

— Salomé Iraklievna ignorait, imaginez-vous, que Mandelstam était amoureux d'elle !

— Je l'ignorais. C'est en lisant les souvenirs de sa veuve... Natalia...

— Nadejda, Salomé Iraklievna !

— ... Nadejda, que j'ai appris qu'il m'avait consacré des vers, « Salominka, tu dors dans une chambre splendide », il parlait de moi.

— Salominka, Circé, Serafita... murmura le professeur, et ses petits cheveux blonds bien lissés des deux côtés de sa tête se décollèrent de son crâne sous le coup de l'émotion et frétillèrent.

Le professeur était une Russe courageuse, elle avait, par le passé, traversé le Sahara avec une caravane, fuyant son époux noir pour un amant noir, mais les poètes la faisaient frémir. J'avais découvert dans son appartement vingt-trois photographies du poète à la mode Brodski. Soigneusement encadrées et consciemment agrandies.

— Comment était-il, Mandelstam, Salomé Iraklievna ?

Diana, la TV star, on ne lui traduisait pas, personne n'y avait songé (nous étions tous les trois passés, sans nous en rendre compte, au russe) avait cependant compris sans se tromper le frémissement de son amie. Lorsque j'ouvris la bouche pour lui expliquer de quoi nous parlions, elle m'arrêta.

— I know, that's about poet.

— Ye, ye, Dianotchka, about poet, croassa la vieille dame en prenant une poignée de crackers. Comment ? Sale, plutôt un jeune homme sombre, chétif et laid. Vous savez, ce type de jeunes gens prématurément vieillis...

— Chétif ! Comment pouvez-vous, Salomé Iraklievna...

— Bien, Allotchka, « de petite taille »... Pour épargner votre sensibilité, nous changerons en « de petite taille »... Je ne me souviens bien que d'un épisode, d'un incident, comme vous voulez. D'une scène plutôt... D'une scène. C'était avant la guerre, la Première Guerre mondiale, nous étions tous à la plage : une grande compagnie. Nous étions trois, pour autant que je me souvienne, allongées dans des chaises longues, des jeunes filles de Saint-Pétersbourg : Assia Doboujinskaïa, elle est ensuite devenue la femme d'un ministre du gouvernement provisoire, Vera Khitrovo, une beauté éblouissante, et moi... A côté, pas très loin, il y avait un groupe d'hommes, ils s'agitaient dans le sable mouillé autour d'un gramophone. Ils tiraient un gramophone sur la plage, ces idiots, et faisaient tout pour attirer notre attention. Parmi eux, il y avait Mandelstam. A cette époque, vous savez, les dames ne se baignaient pas, elles allaient juste sur la plage...

— Sur quelle plage, où, Salomé Iraklievna, où ?

Le professeur tremblait comme sans doute elle n'avait jamais tremblé lors de son voyage de retour avec la caravane à travers le Sahara. Trois jours en tout après son arrivée. En trois jours, elle avait réussi à se convaincre qu'elle n'aimait plus son amant noir. Et elle s'était de nouveau enflammée pour son époux noir.

— En Crimée, si je ne m'abuse... Nous détaillions en riant les hommes du groupe. Vous savez, Limonov — elle s'adressa personnellement à moi —, ces petites discussions cyniques et banales entre femmes sur le thème d'avec qui nous pourrions « faire l'amour », comme on dit en français. Lorsque nous eûmes passé en revue tous les hommes du groupe et que nous en arrivâmes à Mandelstam, nous nous mîmes à rire aux éclats, et je m'exclamai, cruelle : « Oh, non, surtout pas Mandelstam, plutôt un bouc ! »

— Oh, quelle horreur ! Le pauvre... J'espère qu'il n'a pas entendu... Comment avez-vous pu, Salomé Iraklievna... ?

— J'étais très jeune à l'époque. La jeunesse est cruelle, Allotchka. Mais il n'a pas entendu, je vous l'assure. Les hommes nous regardaient, complètement ahuris, comme si nous étions devenues folles.

— De sorte qu'il n'a jamais tenté de vous expliquer, de vous dire son amour ? Il ne vous a jamais approchée ?

Le professeur, revenu à sa famille noire, s'était expliqué avec la mère de son mari, avait avoué sa trahison, et les deux femmes — la petite blonde et la grosse maman noire de cent kilos —, avaient sangloté dans les bras l'une de l'autre pendant plusieurs heures ; elles avaient caché l'histoire au mari et au fils qui était en voyage.

— Il a souffert en silence, le pauvre. Mais pourquoi, pourquoi ?

— C'est sa chance, Allotchka, de ne pas l'avoir déclaré. Je tourmentais tant mes amants, je leur suçais le sang...

La vieille dame, grande, se souleva de sa chaise, et arrangea, en le tirant vers le bas, son manteau d'homme. Elle sourit.

— Vous savez, j'étais diablement belle quand j'étais jeune, Limonov. On m'avait classée première beauté pétersbourgeoise... Je me suis mariée à un riche aristocrate et l'ai manipulé à mon gré... Il avait peur de moi, votre poète, Allotchka... En général, les hommes sont très peureux.

L'ancienne première beauté pétersbourgeoise termina son whisky. Elle s'assit.

— Je ne l'aurais pas pris pour amant. Alexandre Blok, par exemple, c'eût été autre chose. Blok était beau.

— Même si vous aviez su que Mandelstam était très très amoureux de vous, Salomé Iraklievna ?

— Tous les hommes étaient amoureux de moi, Allotchka.

L'ancienne beauté serra fièrement les lèvres. Elle retira ses lunettes.

— C'est peut-être difficilement compréhensible maintenant (elle eut un rire sec), mais je vous assure que c'était bien ainsi. Les brillants officiers de la garde, les aristocrates me faisaient la cour... On ne me choisissait pas, c'est moi qui choisissais...

— Oui, je comprends, fit le professeur d'un air désemparé. Cependant, où sont-ils tous vos brillants admirateurs ? Lui vous a rendue immortelle...

— ... Ce petit juif moche...

La vieille dame haussa les épaules. Nous nous tûmes.

— Ecoutez, commençai-je. Salomé Iraklievna, je n'ai jamais posé cette question à des personnes âgées, mais vous êtes spéciale, je pense que cela ne vous froissera pas. Dites-moi, que ressent-on lorsqu'on devient vieux ? Qu'est-ce qui se passe dans le cerveau, dans l'intelligence ? Ou plutôt, c'est quoi être vieux ? Cela m'intéresse énormément de le savoir parce que moi aussi la vieillesse m'attend, comme tous les autres, si je ne me casse pas la tête avant, bien sûr.

— Vous devrez me verser un autre whisky, le dernier, Limonov.

Je m'exécutai. Tout le monde se tut comme je la servai. Il me semblait que ni le professeur ni ma petite amie Diana n'approuvaient ma question. Cela ne se fait pas de parler de la corde dans la maison d'un pendu.

— Le plus désagréable, cher Limonov, c'est que je me sens trente ans, pas plus. Je suis tout aussi mauvaise, mondaine, assurée qu'à trente ans. Pourtant je ne puis plus marcher vite, me baisser ou monter l'escalier me posent des problèmes, je me fatigue vite... Je veux tout comme avant, mais ne puis faire toutes ces vilaines choses de demoiselle que j'aimais tant faire. Comment dit-on maintenant, « sexe », c'est ça ? Je suis comme enfermée dans un scaphandre lourd et rouillé. Il adhère à ma peau, je vis, bouge, dors dans lui... Des jambes pesantes comme du plomb, la tête lourde et gauche... La tragédie de ma vieillesse réside dans l'écart qui existe entre mes désirs et mes possibilités...

Bien que l'ancienne première beauté eût accompagné sa réponse d'un sourire, le temps de notre rencontre après ma question, visiblement sans tact, se gâta. Les rayons de soleil rembrandtiens quittèrent la salle de séjour. Les enfants et les gouvernantes quittèrent la pelouse. La vieille beauté devint peu loquace. Peut-être le whisky lui faisait-il plus d'effet qu'à des personnes d'âge normal ? Ou peut-être était-elle tout simplement fatiguée de notre présence ? Le professeur reprit les livres lus par la vieille dame et lui en laissa deux en échange. Nous traversâmes la maison encore plus sombre, fraîche, sentant bon la colophane et la laque pour nous diriger vers la sortie.

— Ne changez pas, Limonov. Restez tel que vous êtes, me dit la vieille beauté en effleurant amicalement ma botte noire de sa canne. Allotchka, Dianotchka, passez me voir. Mary rentre lundi, la maison sera plus chaude et plus gaie.

Nous étions déjà dans la voiture lorsque les verrous se fermèrent à l'intérieur.

— Bon, vous ne regrettez pas, Limonov, d'avoir rendu visite à la femme qui fut l'égérie du poète ? demanda le professeur.

Diana tourna la clé de contact.

Je dis que je ne regrettais pas, que l'ancienne première beauté m'avait plu, je voulus ajouter que ce que m'avait appris la vieille dame, à savoir que le corps seul vieillissait, m'horrifiait, mais le moteur rugit et nous bondîmes de l'avant. Diana conduisait de manière monstrueuse : nerveusement, par à-coups.

Les femmes discutaient d'affaires de femmes sur les sièges avant, tandis que j'essayais de m'imaginer la scène de la plage. Trois grandes et belles femmes allongées dans des chaises longues et un groupe d'hommes autour d'un gramophone : dans des costumes de bain de 1911. Je n'avais pas de témoignages précis sur les costumes de bain de cette époque, mon imagination se représenta donc le groupe vêtu du costume rayé des *Joueurs de football* du célèbre tableau du Douanier Rousseau. Mais mon imagination ne parvenait pas à vêtir Mandelstam d'un costume de bain à rayures. Malgré tous mes efforts, il s'était allongé sur le sable mouillé en redingote noire et chapeau melon. Petit gnome, il ressemblait à une photographie de Franz Kafka jeune. Outrés comme des caricatures, tous deux ressemblaient à Charlot. Charlot, allongé sur le sable mouillé, regardait furtivement avec adoration la plus belle des beautés — la princesse Salomé de sang royal géorgien. Et les belles en chaises longues riaient en surprenant son regard. Comme, en tout temps, les cruelles Salomé, Ligéi, Serafita... Cruelles envers le pauvre Charlot, mais pas envers les « brillants » (de la profusion d'épaulettes et de ceinturons ?) officiers de la garde. Les brillants officiers se conduisaient mal ; ils obtenaient l'amour des belles, les habituaient à leur membre comme à un narcotique, puis les abandonnaient, les giflaient, les malmenaient comme des poupées, les traînaient dans la boue... Et les belles, rampant dans la boue, s'accrochaient à leur braguette, c'est-à-dire à la fente de leur culotte, puisque alors il n'y avait pas de fermeture Eclair...

— Bon, admettons, pas dans la boue, me dis-je. Dans une boue symbolique...

Abandonnant mes visions cinématographiques, je regardai par la vitre. Nous remontions déjà King's Road et étions arrêtés à un feu attendant qu'il passe au vert. Un grand punk bien bâti, aux cheveux rouge vif coiffés à l'iroquoise, giflait une grande fille pâle en blouson de cuir et tricot noir. Un jeune petit clerc en costume trois pièces cravate, debout près d'une pharmacie, regardait la scène très ému.

Nous avons fait deux prisonniers

Cela faisait déjà un moment que j'entendais le ronronnement d'un moteur derrière moi, régulier et profond. La Jeep gravissait la colline à mon rythme. Un soldat au volant, un officier assis sur la banquette arrière. Je compris que j'étais la cause de leur vitesse anormale, mais décidai de ne pas réagir. La Jeep me dépassa d'une dizaine de mètres et s'arrêta.

— Edward Limonov ! You are under arrest ! Montez !

L'officier ouvrit la portière de la Jeep.

Voilà comment tout s'est terminé... Il s'est perdu sur une route déserte où il n'y avait pas un homme, sans laisser de traces. Il a disparu. Peut-être s'est-il noyé dans la mer. Il aimait se baigner dans les rochers, et il s'est baigné — trop.

L'officier sourit.

— Je vous ai entendu à une conférence à Los

Angeles. Major Nicolas Cook. Vous allez à l'école ?
Asseyez-vous, je vous emmène.

Je grimpai dans la Jeep.

— Vous avez eu peur, Limonov ?

Il retira son képi et caressa ses cheveux coiffés en brosse, gris sur les tempes. Physionomie ronde d'un châtain d'une quarantaine d'années.

— Non.

— Laissez-moi deviner qui vous allez voir...

Il était passé au russe. Un russe enveloppé d'un accent prononcé, mais rapide et aisé.

— Julia Swenson ?

— Dans le mille, le félicitai-je. L'instructeur de première catégorie Julia Swenson. Exact, camarade major. Où avez-vous appris... ?

— ... à si bien par-ler le r-russe ? termina-t-il à ma place, et il sourit du même sourire qu'un kolkhozien de Stavropol.

— Mais ici, bien sûr, à l'école d'espionnage, dans les montagnes au-dessus du golfe de Monterey. Où encore...

Les ultrasons d'un chœur de moustiques, les percussions de tireurs d'élite-cigales accompagnaient les paroles du major. Une pierre blanche et sèche brillait dans les fractures de la colline le long de la route. Une herbe brûlée courait sur le sommet de la colline vers quelques pins biscornus.

— Compliment à votre deuxième section, si elle s'appelle comme ça chez vous... Cela fait dix jours que je suis en Californie, et vous êtes si brillamment informé...

Le major Cook éclata de rire.

— Ce n'est pas la deuxième section, Edward Limonov, c'est le service de l'UBFD, pour parler russe : « Une Bonne Femme a Dit ». Nos filles ont rongé tous vos os. Les vôtres et ceux de Julia Swenson.

— Vous voulez dire les traîtresses du peuple soviétique ?

— Exactly.

La Jeep franchit la barrière qui fermait l'entrée du territoire de l'école d'espionnage. Le soldat à la guérite salua mollement le major en levant son derrière de sa chaise mais l'y recolla aussitôt. La Jeep s'arrêta près du bâtiment de la section études, un édifice plus solide que les baraquements. Si les baraquements étaient faits de poutres et de glaise comme les *khatas* ukrainiennes, la section études avait au moins des fondations de pierre.

— Merci, major Cook, fis-je. Pour le transport.

— Je suis de votre côté, Limonov. La littérature russe est démodée. La littérature russe a besoin de gens comme vous.

Il me serra la main et grimpa les marches de la terrasse de la section études. Je marchai dans l'herbe brûlée de Monterey et me dirigeai vers les bâtiments russes. Je longeai quelques bâtiments arabes. On voyait tout de suite avec qui ils se préparaient à faire la guerre. Sur quatre cents professeurs et enseignants, il y avait plus de deux cents Russes. Plus de la moitié des baraquements étaient « russian language ». L'école militaire de Monterey formait en un an des traducteurs militaires de bas rang pour les trois corps d'armée :

l'Army, la Navy et l'Airforce. Passant le long d'acacias poussiéreux et d'arbres que je ne connaissais pas (un mélange de pins et de bouleaux ?), je me dirigeai vers le bâtiment n° 23, montai sur les planches d'un gris laiteux de la terrasse, la parcourus en regardant par les fenêtres ouvertes des classes. Les têtes des étudiants et étudiantes en uniformes, bien moulées par la machine, étaient penchées sur les tables. Bredouillement égal et ennuyeux des enseignants. Mon amie Julia Swenson, en blouse de nylon très pudique, gros seins convenablement empaquetés dans un soutien-gorge, se tenait près du tableau.

— Ecoute attentivement, Sheldon, disait-elle à la classe. Tu vas encore te plaindre que tu n'as pas compris...

Et elle dicta en russe : « Nous avons fait deux prisonniers... » Elle me vit à la fenêtre, me fit un signe de tête et tapa sur sa montre avec sa main. Ça voulait dire : tu es en avance, Limonov. Et se dirigeant vers une table de devant, elle se pencha au-dessus d'un soldat pour regarder dans son cahier. « Nous avons... fait... deux... »

Je m'éloignai de la fenêtre et me retournai, m'accoudai à la rampe en réfléchissant à la phrase dictée par mon amie. Dans la palpitation de la chaleur, dans la stridulation de milliers de sauterelles dans l'herbe, cette phrase paraissait un élément de la nature. Calme. Mais quels prisonniers comptaient faire, les bousculant (je me l'imaginais) de leur crosse, ces jeunes Américains rasés de frais ? Des prisonniers russes. Des gens de mon sang. Cette phrase ne me plaisait pas, même cette supposition... Zob, vous pourriez, jeunes tondus insouciants, ramener aussi facilement deux prisonniers russes... Vous pourriez en perdre un de votre section pour en « ramener ». Ou deux. Si ce n'est trois. Eh, ils ont fait des prisonniers... Mais, nom d'une couille lisse, vous n'en voulez pas ? Et ces deux cents et quelques traîtres à la patrie, ces émigrés enseignant tranquillement le russe à des soldats américains ? Est-ce qu'on ne pouvait pas les appeler des traîtres à la patrie en temps de paix ? Si. Car si après avoir terminé l'école, un matelot de la Navy, dans son sous-marin ou son croiseur, interceptait des Russes en train de discuter dans leur sous-marin... Et supposons que, se fondant sur les renseignements de l'ex-élève de l'école de Monterey, les Yankees coincent le sous-marin russe dans un cul-de-sac de l'océan et qu'il soit obligé de se poser au fond et que le manque d'oxygène perde l'équipage... On dit que c'est arrivé dans les eaux territoriales suédoises... Mon amie Julia Swenson, O.K., elle, ne trahit personne, elle est Américaine...

— Monsieur Limonov visite...

Alexandre Lvovski, mon ancien ami, confrère en bouteille et complice, lunettes sur le nez et bronzé, regardait par la fenêtre voisine de la classe de Julia Swenson sur la terrasse, un cahier à la main.

— Le Parisien... Ecoutez, attendez-moi, je finis la dictée. J'ai deux mots à vous dire...

L'apparition de Lvovski ne me surprenait pas. Je savais qu'il était à Monterey. Il sortit sur la terrasse avant la sonnerie. Lunettes à verres fumés, moustache rare, chemise légère à manches courtes, pantalon beige

213

quelque peu chiffonné. « Le renégat type », pensai-je, mais je ne le dis pas. Je ne le pensais pas méchamment, plutôt ironiquement. Nous nous étreignîmes sans émotion, mais de bon cœur.

— Comment se passe la vente de la patrie, mister Lvovski ?

— Mon cul (il releva avec plaisir la plaisanterie). Ils pourraient payer plus cher pour une aussi grosse patrie. Je touche quatorze mille par an, j'ai commencé à onze mille. Qu'est-ce que c'est que quatorze mille dollars en Amérique, monsieur Limonov, vous le savez... ? A peine plus que le seuil de pauvreté. Comme je m'ennuie ici, si vous saviez, mon cher !

— Pourquoi restez-vous ?

— Le besoin. Vous qui êtes devenu écrivain ne pouvez plus comprendre les gens simples, les prolétaires du travail intellectuel. Qu'est-ce que je peux faire d'autre, hein ? Je ne sais pas et je ne veux pas travailler de mes mains...

— Par ailleurs, je ne comprends pas comment ils ont pu vous prendre dans une école d'espionnage, vous, un révolutionnaire, anarchiste célèbre. Sur quelle base ? Vous leur avez donné un gros poisson ? Pour avoir la possibilité de vous rééduquer dans ce chaleureux collectif de traîtres ?

La sonnerie hurla d'une voix stridente et les étudiants en trois uniformes sortirent par la fenêtre et la porte de la classe. Avec joie, comme dans toutes les écoles du monde. Julia Swenson sortit sur la terrasse avec un paquet de cahiers.

— Vous savez ce qu'a écrit Sheldon ?

214

Julia Swenson éclata de rire. Lorsqu'elle riait, elle ressemblait à une jeune paysanne. En fait, elle l'était.

— Je leur ai dicté : « Nous avons fait deux prisonniers. » Et cet idiot de Sheldon a écrit : « Nous avons fait deux prix uniques... »

— Il l'a fait exprès, pour vous amuser, Julia... Ce clown est amoureux de vous.

— Pas au point de faire une faute dans une dictée décisive. De cette dictée dépend leur note de l'année, et par conséquent, leur avenir. Il se retrouvera à l'école de San Pedro ou retournera à l'armée. Il veut poursuivre ses études...

— C'est quoi cette école de San Pedro ? m'intéressai-je.

— L'étape suivante dans la formation des traducteurs militaires. Une école de deux ans d'où l'on sort avec un grade d'officier. Moi, on ne m'y prendrait pas. Ils font une sélection sévère. Nous par rapport à San Pedro, c'est le bordel. On a même des soldats enceintes. Vous n'en avez pas encore rencontré, monsieur Limonov ?

Lvovski était fort satisfait qu'il y eût des soldats enceintes. Il sourit.

— Mais vous, monsieur Limonoff, vous avez décidé d'échanger Paris pour Monterey ?

A côté de Julia Swenson, je ne trouvai pas immédiatement à lui répondre.

— J'ai décidé, on dirait... Qui est ce major Nicolas Cook ?

— Notre boss direct. Sa fonction correspond à celle

d'instructeur en chef dans une école soviétique. Quoi, vous avez déjà fait connaissance ?

— Il m'a amené dans sa Jeep, après m'avoir fait peur. J'escaladais la montagne, j'étais en nage, mais bon, c'était agréable, autour c'était comme en Crimée ou en Provence, des cigales... Et soudain une Jeep s'est arrêtée. « Edward Limonov, vous êtes arrêté ! » C'est un plaisantin votre instructeur...

— Allons donc, monsieur Limonov, vous avez eu peur. Un provocateur hardi comme vous aurait dû se réjouir de l'occasion...

— Qui provoquer ici ? Les acacias poussiéreux ? Les sauterelles ?

— Edi, nous avions l'intention de manger en vitesse. Je n'ai qu'une petite pause aujourd'hui. Je suis rem-pla-ç-aaante...

Comme elle venait à bout du « a-a-a », Julia Swenson sortit ses clés de voiture d'une petite poche de sa jupe et les fit tinter.

— O.K., fit Lvovski. Je ne saurais retenir ce couple uni. (Il s'assombrit.) Peut-être m'emmèneriez-vous avec vous ? Vous allez où, sur le quai des fishermen ?

— Nous l'emmenons ? demandai-je.

— Bien, acquiesça Julia Swenson. Il est tout seul chez nous maintenant, Alik. On a viré son amie soldat Jacky pour « conduite amorale ».

Julia Swenson parlait très bien russe, c'est pour cela qu'elle était l'une des quelques Américains enseignant le russe à l'école, mais la phrase sortit telle une carte perforée d'un ordinateur, brusquement et avec plus de « r » qu'il n'en fallait.

Alors que nous nous installions dans la petite auto bleue de Julia, Lvovski, satisfait, entreprit de m'expliquer qui était le soldat Jacky et pourquoi on l'avait exclue de l'école d'espionnage. Comme d'habitude, Lvovski avait choisi la brebis galeuse du troupeau. Cette Jacky avait la réputation d'être une *drug-addict* et une fille facile. Comme dans toutes les écoles du monde, les relations entre étudiantes et professeurs n'étaient pas encouragées.

La voiture bleue se dirigea vers la flaque du Pacifique, vers un baraquement de bois. C'est ici qu'en 1847, les Américains, commandeur Perry à leur tête, avaient rattaché, à l'aide d'une canonnière, la Californie aux Etats-Unis. Tandis que les Yankees s'occupaient des papiers sur le pont de la canonnière ancrée dans le golfe, et qu'on tendait une plume au gouverneur général espagnol, les armes de la canonnière étaient pointées vers le baraquement dans lequel les Yankees avaient réuni la famille du gouverneur général, ses parents et les notables mexicains de Monterey. Dans ces mêmes années, et avec, à peu de chose près, les mêmes méthodes, la Russie s'annexait les khanats d'Asie centrale.

— La canonnière est un moyen très convaincant pour un rattachement, fis-je à Lvovski. Pourtant les larmes hispano-mexicaines seront un jour vengées. Les peuples mettent du temps à pardonner les humiliations.

— Vous savez pourquoi les Espagnols ont choisi cette petite ville pouilleuse comme lieu de résidence du gouverneur général ? Parce que le courant froid qui arrose le golfe de Monterey rend l'été plus supportable ici...

Un vieil hippy en maillot, une guenon effrontée perchée sur son épaule (l'animal portait lui aussi un maillot) tournait la poignée d'un orgue de Barbarie près de l'entrée du quai. Ça sentait le poisson brûlé. Et par vagues, avec le vent, une odeur de vomi. Les mouettes hurlaient dans le ciel en vol obsédant, en se laissant tomber sur des proies qu'elles seules voyaient. Julia Swenson en tête, Lvovski et moi à quelques pas derrière, marchions sur les vieilles planches. Le quai était une imposante construction, des dizaines de restaurants de pêcheurs et un marché à poisson découvert y étaient installés. Une affiche haut perchée représentant un équipement de plongée invitait le public à descendre sous l'eau dans une cabine spéciale, pour contempler des paysages mouillés et les habitants du Pacifique. Des centaines de personnes se baladaient sur le quai : elles mangeaient avec leurs doigts des crevettes, des filets de thon grillés, des coquillages qu'elles tiraient de plats de carton, et buvaient de la bière en boîte. Monterey est une ville peu touristique, la foule était composée d'autochtones — employés sortis pour le lunch.

— Les Américains font sales après les Européens, monsieur Limonov ?

Lvovski me regarda dans les yeux.

— Plus gras... Comme... (je réfléchis) un homme qui fait une dépression profonde ne se rase pas, il a mis une croix sur son aspect extérieur, il dort tout

218

habillé et se balade dans les rues avec les mêmes habits... C'est le bronzage qui les sauve.

— Bon, fit Julia Swenson, vous avez tort tous les deux, vous êtes partiaux. Monterey est une petite ville ordinaire, mais à L.A. par exemple c'est un autre extrême, c'est l'obsession du physique : des *body-builders,* il y a même des femmes *body-builders.*

— Fort possible, fis-je. Mais Los Angeles ou San Francisco sont des villes avec une population homosexuelle importante, elles ont leur mode locale. Pour l'essentiel, la population des Etats-Unis se compose d'habitants de villes comme Monterey, ou même de villes plus petites. Et ici encore, c'est civilisé, il y a l'océan, c'est une ouverture sur le monde. Mais à l'intérieur, dans les Etats continentaux, il y a des monstres de cent ou de deux cents kilos qui se baladent dans les rues...

Comme j'en terminais avec les monstres, je découvris l'origine de l'odeur de vomi que le vent nous apportait par vagues. Un type en bottes de caoutchouc et combinaison bleue vidait dans la mer une grande brouette contenant des intérieurs de poissons abominables.

— Pourquoi jettent-ils ça à la mer ?

— Pour nourrir les *sea lions,* les lions de mer, expliqua Julia Swenson. Regarde, ils sont en bas, ils attendent.

Nous nous approchâmes de la rambarde et regardâmes en bas. Loin entre les pilotis du pontage glissaient de lourds corps de phoques. Des têtes moustachues émergeaient, piquaient dans la tripaille sanglante, l'attrapant presque au vol.

— Ils ressemblent aux Américains, fis-je pour fâcher Julia Swenson. Aussi gras et asexués. Comment distinguer un mâle d'une femelle ?

Julia Swenson n'entendit pas mes paroles blessantes parce qu'elle montait déjà l'escalier du restaurant « Yellow submarine ». (Aucune surprise. Une appellation on ne peut plus banale. Le restaurant appartenait probablement à un ex-hippy, admirateur des Beatles.) Pourtant, même si elle avait entendu, Julia Swenson n'aurait pas été touchée par mon impertinence, elle préférait les non-Américains ; j'étais le deuxième Russe de Julia Swenson. Avant, elle avait vécu à peu près deux ans avec un collègue enseignant. Un solide blond alcoolique qui s'était, au bout du compte, mis à la battre et qu'elle avait quitté.

— Nous nous asseyons en terrasse ou dans l'aquarium ? Ils font de très bons steaks de requin. Vous avez déjà essayé la viande de carnassier cannibale, monsieur Limonov ? Ou, pour m'exprimer scientifiquement, d'anthropophage ?

— Pas sur la terrasse, il y a du vent, fit Julia Swenson. Alik aime manger des cochonneries.

— Je veux un steak de requin, déclarai-je. Par exotisme. Mais je ne suis pas sûr qu'on puisse appeler ces carnassiers des « anthropophages ». D'après moi, les anthropophages sont des hommes qui mangent d'autres hommes.

— Je ne t'embrasserai pas, Edi, menaça Julia Swenson.

— Vous avez, Julia, comme toutes les dames, un instinct de chasse moins développé que celui des hommes. Manger un morceau de carnassier qui bouffe des hommes avec plaisir, il y a là-dedans quelque chose de mystique, de spécial. De toute façon, tu bouffes avec un autre sentiment, différent de celui que tu éprouves en mangeant du maquereau, du thon ou du saumon.

Lvovski s'était assis à la première table près de l'entrée. Nous nous y assîmes, l'instructeur de première catégorie et moi-même.

— Hello, le beau monde !

Une serveuse au visage de petite garce s'approcha, bloc-notes à la main. Il y a de tels visages de femme, vulgaires, fatigués, mais attirants. Fausse blonde, tee-shirt minuscule rouge vif couvrant de gros seins, ventre et nombril à l'air, une jupe minuscule couvrant le cul. Jambes nues et bronzées s'achevant dans des Adidas et des socquettes blanches. Je plais à ce genre de femmes. Elles sont généralement serveuses, coiffeuses, vendeuses dans les *liquor-stores,* infirmières ou travaillent dans des bureaux de poste... Peu importe la manière dont je suis habillé, peu importe la partie du globe, elles me reconnaissent immédiatement et m'expriment leur sympathie.

— Vous avez choisi ? Je commence par toi, beautiful ?

Elle me frotta habilement de sa hanche. D'un seul mouvement précis.

Si j'avais été seul à Monterey, sans Julia Swenson, j'aurais eu une aventure avec la serveuse du « Yellow submarine ». Ces traînées de femmes me plaisent tout comme je leur plais. Et puis, ce ne sont pas des proies faciles. Mériter leur confiance et leur respect est chose difficile. Dans cette vie, elles cherchent l' « homme », mais être un homme pour elles, c'est être capable de foutre un pain dans la gueule d'un autre lorsque la situation l'exige ; et être capable d'une certaine autorité, parce que ces effrontées coriaces savent, malgré tout, qu'elles sont le sexe faible et veulent être retenues de la tentation par une main de fer. Je levai les yeux et la regardai dans ses yeux clairs. Le contact se fit.

— Un steak de requin, please...

— Très saignant, je suppose... (Elle eut un rire bref et cligna de l'œil.)

Lvovski demanda posément si la salade était comprise avec le steak de requin, et apprenant qu'elle l'était, commanda, allez donc savoir pourquoi, des coquillages cuits. Un renégat, qu'en tirer ! La raisonnable Julia Swenson demanda un steak de saumon bien cuit et mit sèchement un terme à l'enthousiasme de la serveuse qui avait entrepris de nous proposer un dessert particulier.

— C'est tout, for the moment !

Ce « Pour le moment » était superbe chez Julia Swenson fâchée, comme le célèbre coup de botte de Khrouchtchev contre la tribune de l'ONU. Nous prîmes un litre de chablis californien blanc.

La serveuse, en s'éloignant, réussit de nouveau à m'effleurer de sa hanche.

— Monsieur Limonov a du succès auprès du personnel de service. Vous avez remarqué, collègue Swenson ?

Julia Swenson s'ébroua :

— Cette bitch, commença-t-elle.

— Eh-eh ! (Je m'en mêlai.) Je n'y suis pour rien. Si cette fille a un besoin urgent de mec, le modeste touriste que je suis n'est en rien responsable.

— Edward aime les traînées. Sa dernière femme en est une belle illustration, fit Julia Swenson d'un air sombre.

Je soupirai. Au fur et à mesure que l'été avançait (j'avais l'intention de m'envoler pour New York, puis de là pour Paris, en septembre), Julia Swenson était sujette à des accès de jalousie. Un jour, après s'être soûlée au whisky, elle m'avait dit méchamment : « Je sais, Edward, que je ne suis pas à ton goût, tu aimes les belles putes, comme ton ex-femme. » Julia Swenson était injuste envers elle-même. C'était une belle, grande fille, et si elle paraissait moins bien qu'elle n'était, c'est uniquement parce qu'elle n'était pas maquillée, qu'elle refusait d'utiliser du make-up. La lecture continuelle de la Bible (j'en avais découvert trois dans son appartement !) la confortait visiblement un peu plus chaque jour dans ses préférences pour la simplicité et pour des habits d'enseignante monacaux et doux. Julia Swenson ne recourait que dans des situations exceptionnelles à l'utilisation (parfaitement innocente dans les standards de sa génération) du mot *bitch,* c'est-à-dire pute. Elle ne descendait jamais en dessous de *bitch.* Julia Swenson avait durant deux ans sauvé un alcoolique. Cet été-là, il me semblait parfois que Julia Swen-

223

son me sauvait, moi aussi. Elle appartenait en fait à la même catégorie de femme simple que la serveuse au nombril à l'air ; elles avaient juste développé des aspects différents de leur nature, c'est tout. Julia Swenson ne comprenait pas cela, moi si...

Le steak de requin faisait plus « poisson » que le vrai poisson. Plus collant, plus gluant, plus salé. Je me souvins, en mangeant mon steak, d'un article que j'avais lu quelques jours plus tôt dans le journal local *Monterey Times* : un requin de quinze pieds de long avait dévoré deux des membres d'un équipage (sur trois), dont le petit yacht avait fait naufrage. Le requin avait choisi un jeune matelot et, après l'avoir digéré, avait bouffé une dizaine d'heures plus tard la cuisinière, une jeune fille de vingt ans...

— Imaginez, Lvovski, vous nagez, et un requin vous bouffe une jambe... commençai-je.

— Pourquoi à moi ? Imaginez que ce soit la vôtre qu'il bouffe, monsieur Limonov...

Lvovski sortait les coquillages de leur coquille savamment, en professionnel. Son plat fumait abondamment et nous donnait chaud.

— A moi, il n'y a pas de raison, fis-je en m'essuyant le visage avec ma serviette jaune, comme le sous-marin. C'est à vous qu'il bouffe une jambe, pour avoir trahi la patrie.

Julia Swenson sourit. Elle avait mangé son saumon vite et proprement, elle posa sa fourchette et recueillit avec du pain les fibres roses dans son assiette. Elle arrangea son corsage de nylon.

— Je dois y aller, les garçons. J'ai encore deux

224

cours aujourd'hui. Je fais un remplacement aujour-d'hui. Je remplace Emma Karlinskaïa. Je dois combien ?

Julia Swenson ouvrit son porte-monnaie.

— Je vais payer, collègue Swenson, allez-y...

Lvovski se pencha et referma avec force le porte-monnaie de Julia Swenson.

— Merci, Alik. A ce soir, Edward...

L'instructeur de première catégorie sortit en faisant s'agiter sa jupe longue.

— Ne me dites pas que vous allez vivre toute votre vie avec l'instructeur de première catégorie Julia Swenson...

Lvovski avala son dernier coquillage et jeta la coquille dans le plat.

— Pourquoi pas, c'est une bonne fille...

— Bonne... Pourtant, à l'automne, vous aurez fui, j'en fais le pari. Vous vous ennuyez déjà avec elle. N'est-ce pas ?

Lvovski nettoya ses moustaches avec sa serviette, ou plutôt les mouilla soigneusement. Et se caressa le ventre. Je pensais qu'avec le temps des traits typique-ment orientaux avaient percé en lui : la paresse, la volupté, quoi encore ?...

— Je m'ennuie, acquiesçai-je. Vous avez raison. Mais je sais parfaitement d'expérience que je m'en-nuierai aussi avec une autre fille. J'ai fait mienne ces dernières années une sage vérité : toutes les filles valent qu'on vive avec elles. Choisissez la première venue, vous ne vous tromperez pas.

— C'est juste... approuva Lvovski, et il s'étira. Si vous saviez, monsieur Limonov, comme cette petite

225

ville est ennuyeuse, le soleil, ces idiots de soldats, ces crétins de professeurs. Un travail stupide...

— J'avais compris que vous vous étiez trouvé ce travail vous-même. C'est vous qui avez envoyé des papiers pour le concours...

— Ecoutez... (son intonation qui jusque-là était hargneuse se transforma en une intonation triste et sérieuse), je n'avais rien à bouffer. Je suis revenu d'Italie où j'avais perdu mon travail à Radio-Vatican... Que me restait-il à faire ? Vous avez vite oublié l'époque où vous-même étiez sans travail...

— Je ne me suis pas abaissé à vendre la patrie. J'ai préféré charrier des meubles...

— Louable intransigeance ! Vous êtes en bonne santé, monsieur Limonov, vous avez de la chance ! Moi je ne peux pas charrier des meubles... J'ai l'estomac fragile. Et pour ce qui est de vendre la patrie, une remarque : vous avez oublié votre travail au journal *Russkoïe Delo*...

— Nous y travaillions ensemble comme correcteurs, mon cher ami. Et on m'a vidé, vous vous en souvenez, tout de suite après la publication par des journaux soviétiques de réactions favorables à mes articles critiquant l'Amérique...

— Bon, monsieur Limonov, vous croyez sérieusement qu'un journaliste ou un écrivain peut avoir une patrie ? Cessez votre démagogie, parlons plutôt en vieux amis.

— Allez... en vieux amis. Seulement cessez de m'appeler monsieur comme dans une pièce prérévolutionnaire, hein ? Patrie ou non, appelons-la plus simplement pays où nous sommes nés. C'est juste pour moi-même (pas pour lui, ce pays, pas pour une opinion publique), uniquement pour moi que je considère humiliant et sale le fait de gagner son pain en dictant à des soldats d'ici : « Nous avons fait deux prisonniers... »

— Dans nos dictées, pour autant que je sache, il n'est jamais dit que les prisonniers sont soviétiques ou russes. Des prisonniers. Point. Pourtant je ne compte personnellement pas me défendre. (Lvovski prit la salière et se saupoudra la main de sel.) Vous avez raison. Je suis d'accord avec vous, apprendre le russe à des soldats américains est un sale boulot. Durant la grande guerre patriotique, on pendait les traducteurs sur les places, avec les policiers. Mais, excusez-moi, je me distingue de ces deux cents hommes et femmes sans principes pour plusieurs raisons. D'abord, j'ai écrit un livre dans lequel je les mets à nu. Ensuite, je suis au-dessus de la mêlée de ces deux araignées, l'URSS et les Etats-Unis. Ni l'une ni l'autre de ces deux araignées ne m'est proche. Je voudrais même qu'elles se fussent saignées à blanc. On respirerait mieux sur la planète... Mais pourquoi êtes-vous devenu ainsi, si plein de principes démodés, mister, pardon, m'sieur, Limonov ? Où est passé votre anarchisme exubérant... Souvenez-vous de notre mot d'ordre : « Bats les blancs avant qu'ils ne soient rouges, bats les rouges avant qu'ils ne soient blancs ! » C'était ça le mot d'ordre... Mais vous...

L'expression de Lvovski se fit soudain respectueuse. Il se leva.

227

— Hello, colonel !

Lvovski serra la main d'un lourd vieillard hâlé en pantalon blanc et polo bleu, qui était entré derrière mon dos.

— How are you, Aleks ?

Le vieillard secoua la main de Lvovski.

— Je vous présente mon ami, colonel, un écrivain de Paris.

— Colonel Breakford. Paris, France, ou Paris, New Jersey ?

Le vieillard pressa ma paume avec une telle rage que j'eus envie de lui demander ce qu'il voulait me prouver.

— France, dis-je.

— Le colonel Breakford est notre grand chef, c'est le chef de l'école. Le colonel commandait des parachutistes en Corée.

Lvovski expliqua tout cela debout.

— Asseyez-vous avec nous, colonel. Malheureusement, nous avons déjà terminé notre lunch.

— J'ai rendez-vous, boys. Rendez-vous avec une lady. Mais je m'assieds. La lady n'est pas encore arrivée.

Il se laissa glisser sur une chaise. La serveuse fit son apparition, bombant encore plus son ventre bronzé, sans doute satisfaite : Julia Swenson avait quitté la scène.

— Une Heineken, colonel ?

— Une Heineken, Suzy...

— Du vin blanc, colonel ?

Lvovski souleva la carafe d'un litre et l'agita.

— Le vin me donne des ulcères... ! Are you French ?

Le vieillard me regarda et gratta son coude bronzé de sa paluche bronzée.

— Non, un ancien Soviétique, comme Aleks...

— Aha, compris... (Le visage du colonel s'éclaira.) Un espion donc, comme Aleks...

— Le colonel pense que je suis un espion soviétique.

Lvovski eut un sourire satisfait.

— Mais qui es-tu, Aleks ? Un ancien soviétique en bonne santé, de trente-cinq ans, travaillant comme professeur dans une école militaire américaine, ne peut pas ne pas être un espion. Tu es un espion, Aleks. C'est normal. Je pense qu'Aleks a le grade de capitaine... Et toi, Paris, France ?

Je décidai qu'il convenait de rire. Et je ris.

— Major.

— Le colonel ne plaisante pas, fit Lvovski. Il a sa théorie. Il pense que les militaires se seraient depuis longtemps déjà mis d'accord entre eux, s'il n'y avait pas ces « enfoirés de politiciens »... Vous permettez, colonel, que j'informe notre ami de vos principes ?

Suzy apporta la bière. Elle entreprit de la verser en inclinant la chope. Le colonel lui arracha la bouteille.

— Sois plus simple, Suzy ! Qu'est-ce que c'est que ces cérémonies... ? Dégage, Aleks, explique...

— Le colonel pense que les militaires américains et russes devraient se mettre d'accord pour exploiter la planète de manière intelligente. Et pragmatique. Dans tous les cas, deux superpays dominent le monde contemporain aujourd'hui. Mais les pouvoirs civils, pense le colonel, opèrent toujours par demi-mesures, et là précisément réside la faiblesse de la civilisation blanche. Au lieu de coloniser complètement la planète, de soumettre tous les autres types de civilisations, ces « enfoirés de politiciens » ont partout laissé les racines des traditions locales. Et ces racines non arrachées, pense le colonel, ruinent, en fin de compte, la civilisation blanche. Comme exemple le plus dangereux, il invoque l'Iran. Le seul salut, c'est l'union entre forces blanches en uniforme.

— L'union entre le général Johnson et le général Sokoloff, dit le colonel, abandonnant sa bouteille d'Heineken. Seulement comme ça. Et d'une main de fer, foutre tous les enculés par terre. Nos deux peuples ont plus de choses en commun qu'ils n'ont de différends.

— Et les Européens ? m'intéressai-je.

— Se méfier de ces prostituées. Les deux dernières guerres, c'est de leur faute. Mettre l'Europe sous la direction d'un commandement militaire américano-soviétique. Comme des territoires occupés. Aucun gouvernement national. L'intégration progressive...

— Et l'Afrique ?

— Ils existeront comme au XIXe siècle. Couper toute l'aide économique, toute l'aide médicale et faire baisser la natalité. Faire la même chose en Asie et en Amérique latine. Pour l'Iran, un ultimatum. Quarante-huit heures pour réfléchir... Même chose avec le Liban...

On ouvrit une fenêtre dans le fond du restaurant et on entendit le bruit de l'océan, les cris des mouettes, le ronronnement d'un canot qui s'éloignait ou s'approchait du quai des fishermen. Le colonel se leva.

— La lady est arrivée. C'est-à-dire mon épouse. A

une prochaine rencontre, espions... Transmettez mes propositions aux instances, à qui de droit.

Boitillant légèrement, le grand colonel s'éloigna de nous en direction de la fenêtre ouverte. Suzy avait installé là une grande dame à cheveux blancs.

— Voyez-vous ça, monsieur Limonov... voyez quels originaux on rencontre dans les rangs de la United States Army... Il ne plaisante pas. Tout cela est sérieux. Sauf une chose, il ne croit évidemment pas que je sois ou que vous soyez un espion. Il n'est qu'un vieux colonel, terminant sa carrière militaire sous un climat doux dans une fonction administrative de chef d'une école de traducteurs ; pourtant cette tendance existe dans l'armée américaine.

Lvovski arrangea ses lunettes et soupira soudain :

— Oh, quoi qu'il en soit, que ce ne soit pas toujours comme maintenant ! Que quelque chose change...

J'étais d'accord avec lui.

— Oui. Ce serait bien que tout explose. Pensez-vous que beaucoup de gens souhaitent encore comme nous que le monde entre en ébullition ?

— Je ne sais pas, fit Lvovski d'un air songeur. Sans doute beaucoup. Mais qu'est-ce que j'en ai à foutre. Mes problèmes personnels m'angoissent. Voilà, je mets *money* de côté pour pouvoir foutre le camp d'ici. Je veux aller à New York, trouver un éditeur pour mon livre. Et vous, qu'est-ce qui vous angoisse ? Tout est O.K. pour vous, vous ne souhaiterez bientôt plus voir le monde changer, vous voudrez le voir se figer. Vous êtes déjà écrivain, auteur d'un livre connu, sortez encore deux livres et vous comprendrez que ce monde est déjà le vôtre...

— Hey, fis-je. Pourquoi est-ce que vous me peignez aussi simplement ? Etre écrivain c'est bien, mais j'aurais peut-être voulu un autre destin. J'aurais peut-être trouvé plus intéressant de partir en reconnaissance, de ramener mes deux prisonniers...

— Vous êtes toujours romantique. Vous voulez, nous échangeons nos destins ?

— Changeons plutôt d'endroit, partons d'ici. Ah ? Voyez, le soleil est déjà passé à d'autres fenêtres, et nous sommes toujours assis...

Nous quittâmes le « Yellow Submarine ».

— Mais j'ai d'ailleurs écrit un livre, plus fort que le vôtre, me dit Lvovski, alors que nous nous séparions près du baraquement impliqué dans l'histoire du renoncement des Espagnols à la Californie.

Lvovski me regardait d'un air ironique et arrogant.

— Dieu soit avec vous, fis-je.

Un vent chaud, du sable nous balayaient et nous nous séparâmes. Anciens amis. Il monta dans la montagne vers l'école d'espionnage, je me dirigeai vers la route qui menait à la ville voisine où j'habitais, dans l'appartement de l'instructeur de première catégorie Julia Swenson. Je marchais vite le long du golfe de Monterey en pensant à la planète, au colonel, à mon ancien ami Lvovski.

Après avoir analysé les éléments ci-dessus mentionnés, j'en vins à la conclusion, en mettant la clé dans la serrure de Julia Swenson, que, comme d'habitude, il se passait le diable sait quoi sur la Terre... Et pourtant, tout paraissait calme...

Je fuis bientôt Julia Swenson. Je rentrai à Paris, France. Et les années eurent lieu. C'est-à-dire, passèrent. En passant, elles éclaircirent quelques destins, mirent un point où il fallait, ou des points de suspension.

L'instructeur de première catégorie s'est mariée à un collègue professeur. Américain. Elle est malheureusement tombée dans la poigne de fer d'un petit homme qui, de ne rien faire, l'a étouffée.

Lvovski, c'est une grosse anarchiste belge qui m'a par hasard donné des informations sur lui, vit à New York, dans un appartement que lui a donné la « ville ». Le livre de Lvovski, hélas, n'est pas sorti sur le grand marché, il n'a été édité qu'en russe, à compte d'auteur, et lui a rapporté deux cents ennemis sur les bords du golfe de Monterey. Lvovski, comme toujours incohérent, collabore sous un pseudonyme au journal *La Voix de la patrie* (la patrie soviétique).

Le colonel Breakford est mort, en prenant un thon à l'océan. Il a eu un infarctus sur le pont d'une vedette alors qu'il pêchait. Le major Cook est devenu le chef de l'école. Malgré le rapprochement américano-soviétique, le nombre de professeurs de russe est passé à trois cents. Pour garder la santé, un grand Etat comme les Etats-Unis a besoin d'un grand ennemi. Les temps ne sont pas encore mûrs pour les idées du colonel Breakford.

Table des matières

Achevé d'imprimer
sur les Presses Bretoliennes
27160 Breteuil-sur-Iton

Dépôt légal : octobre 1990
Numéro d'édition : 2354
Numéro d'impression : 1081